全民微阅读系列

给城市擦泪

廖玉群 著

江西高校出版社

图书在版编目(CIP)数据

给城市擦泪/廖玉群著. —南昌:江西高校出版社,2017.9(2020.2重印)

(全民微阅读系列)

ISBN 978-7-5493-6073-4

Ⅰ.①给… Ⅱ.①廖… Ⅲ.①小小说—小说集—中国—当代 Ⅳ.①I247.82

中国版本图书馆 CIP 数据核字(2017)第 225978 号

出版发行	江西高校出版社
社　　址	江西省南昌市洪都北大道96号
总编室电话	(0791)88504319
销售电话	(0791)88592590
网　　址	www.juacp.com
印　　刷	永清县晔盛亚胶印有限公司
经　　销	全国新华书店
开　　本	700mm×1000mm 1/16
印　　张	14
字　　数	180千字
版　　次	2017年10月第1版 2020年2月第2次印刷
书　　号	ISBN 978-7-5493-6073-4
定　　价	36.00元

赣版权登字-07-2017-1178

版权所有　侵权必究

图书若有印装问题,请随时向本社印制部(0791-88513257)退换

目录 / CONTENTS

守望　　/001

小王国　　/003

买担担　　/006

冷冬里的阳光　　/008

青春舞曲　　/011

掌声响起来　　/014

醉秋风　　/017

鸽子石　　/020

夜的声音　　/023

回乡　　/026

葬　　/029

药匠　　/032

如影随形　　/035

黄昏之痛　　/038

逃离黄昏　　/040

唯有读书高　　/043

荒村　　/046

墙　　/049

走不出的苞谷地　　/051

腊月风波　　/054

老房子　　/057

同住山脚下　　/059

坭兴陶之梦　　/062

捕光者　　/066

大年过后是春天　　/068

给城市擦泪　　/071

融入城市　　/074

老李的一生　　/076

微笑缘　　/079

锁光　　/081

牛事　　/084

消失的桥　　/086

让花朵说话的人　　/089

遇见未来的自己　　/092

心灵的洗礼　　/095

年前年后　　/098

八月天　　/101

重建感觉　　/103

有利的平顶楼　　/105

名牌效应　　/108

诱惑的味道　　/111

那粗朴的课堂　　/112

一条狗的路线和伤口　　/115

等于号变形记　　/118

雨夜之曲　　/122

蹲下来看到的世界　　/124

红箱子里的秘密　　/126

彷徨在十八岁的路口　　/128

荒地　　/131

两只卓尔不群的羊　　/134

壮老爹被体检记　　/136

后门之患　　/139

一地鸡毛　　/142

挂满爱的菠萝蜜树　　/145

唱着来唱着去　　/148

山魂　　/151

给吃的来点创意　　/153

不学开车　　/155

品位　　/157

口头禅　　/158

在老屋里淘宝　　/160

高考　　/161

哭嫁歌手　　/163

那个人　　/166

谢谢你爱过我　　/169

编织幸福　　/171

关老师　　/174

陌生的邻居　　/176

小河亲过我的脸　　/178

致命的催长剂　　/181

老娘土　　/183

山温水软　　/185

寻找清白　　/188

冷烟花　　/190

和官垌鱼有关的幸福　　/192

会踩水的人　　/195

阳光刺眼　　/198

娱乐时代　　/200

小武　　/203

桥　　/208

满山的歌　　/211

会唱歌的车　　/214

忘事的母亲　　/217

守 望

　　山羊坳山高，地偏。山羊坳学校就像个鸟巢，窝在山坳道口旁。

　　刘三好来到山羊坳学校的时候，三十来岁的样子，留着偏头，稀稀拉拉的头发两边倒。山羊坳的人背地里都说，看起来就像叛徒，又是一个留不住的老师。可事实胜于猜测，刘三好留下来了。

　　从山羊坳走出去的学生一拨又一拨，学校的那间教室在风里雨里变老了。刘三好有个心愿，那就是把山羊坳的学校翻修一遍。刘三好为此可没少跑乡教办，可得到的答案都是等待。等待中，刘三好眼看就要退休了。

　　刘三好终于等来了这一天。大老板捐钱修学校的事，早随着各家各户的袅袅炊烟，吹遍了山羊坳的每个角落。屯里的人都在津津有味地嚼着这件新鲜的事。这大老板，正是刘三好过去的学生何德。何德初中毕业后，在城里鼓捣工程，几年后摇身变成了大老板。

　　这天，刘三好一脸喜气，早早地迎候在学校的门口。他一身西装，胸前那一条领带像旗帜一样鲜明扎眼。

　　刘三好身后的学校，也就一间泥墙砌的瓦房。

　　何德读书那会儿，一上课挨着书就瞌睡，下课没少爬树上房。刘三好想也没有想到，何德比谁都混得开，口气大得很，要给山羊坳捐资助学了。

何德一行人进坳口了,后面还跟着几个扛摄像机的。

何德一一介绍,说这个是县电视台的记者,那个是市报的记者。

刘三好听到要拍学校,爽利地说:"成。"

教室还是那间教室,四面的土墙都写满了沧桑,沟壑纵横的,就像刘三好的脸。

走到墙边,刘三好站定了。这面墙,他摸得比自己的脸还熟悉。每天开教室的门之前,刘三好都站在墙根下,摸摸,看看。墙老了,冬天的寒风像饿了的野兽,在教室四周呜呜地叫,像要把这墙一口给生吞了。刘三好担心哪天墙被风吹倒。入冬前,他都要和泥,把墙缝修补一遍。这墙,风风雨雨里还是站住了,和自己过了半辈子。

教室里有些暗,桌子整整齐齐,像等待报数的一列列学生。墙上挂着的黑板,擦得一干二净,还泛着一层油光。

何德双手抱胸查看了一会儿,说:"都给弄一弄,搞得像回事,多要几个镜头。"

几个人说动手就动手,椅子歪靠在墙角上,桌子的腿变瘸了,那块黑板,不知被谁拉下来,一下子耷拉着脑袋……

何德几步踱到墙前,敲着墙,说:"这里再弄出两个洞,才能出效果。"

刘三好突然冲过去,张开双臂,护着黑板后面的墙,低喝一声:"不要动它!"

"刘老师……"看着怒目圆睁的刘三好,大家一时都愣了。

何德脸上挂着笑,说:"我给钱是有条件的,就是要一些宣传资料,老师你得配合。"

"配合?"

"只是要那么几个镜头,何必……"

"你给我把黑板挂正,桌椅摆好!你不嫌丢人我还嫌丢人呢!"刘三好的声音,钢板一样,硬邦邦的。

谁也没有料到会出现这一幕,何德的笑就僵在脸上了。

"这黑板,几十年了,它每天都端端正正地挂在这里,你几时见它歪过?"刘三好站在讲台上,板着脸,嘴里喷着火,"一块黑板都挂不正,当什么老师!"字字句句,像石头一样砸下来,落地有声。

学校到底还是没有翻修。

没过多久,山羊坳学校就归并到乡中心小校了。

刘三好也退休了。

那晚,风夹着雨,刮得窗户呼啦啦地响,刘三好起来用茅草盖墙。突然,几块瓦片砸下来,刘三好躲闪不及,额头被砸伤了……

屯里的老人都流泪了:"刘老师,你走了,娃子们也不用这教室了,你还护它干啥?"

刘三好什么话都没说。他站在教室窗前,目光久久地停驻,仿佛是在一寸一寸地抚摸着那墙那桌那椅,还有那方方正正的黑板。

小王国

连着几年灾荒,1947年黑牛寨终于盼来了个丰收年。秋后,稻子刚收进米仓里,就传来了山匪下山的消息。

伏牛岭附近的寨子被洗劫一空。四爷估摸,黑牛寨最终也躲不过山匪这一劫。

四爷捋了捋胡须。铜镜中一撇微翘的山羊胡子,像把瓦刀。

四爷训话的声音不高,话语从瓦刀形的胡子底下发出来,就有着千钧之力,仿佛每句话都关系着一个族长的威严和一个家族的存活生计。

四爷说,所有的丁口,今天饭后都转到鹰山洞里去。

鹰山洞是个天然的山岩洞,顺着山洞进去不久,抬头就能见天。早些年,四爷就看上了这一个宝洞。那时候四爷刚刚掌事,立马做了一件惊天大事,派人挖了通向鹰山洞口的地道,还把洞内凹凸的地势凿平。凿平的前洞,像个大屋子。大屋子里面石臼、石磨、石灶、石床等一应俱全。后洞有常年蓄水的池子,还设有牲口圈,俨然一个隐蔽的庄园。

有了这宝洞,数年下来,山匪几次抢秋,四爷的小王国安然无恙。多年积累的财富,让家族日渐壮大。家大业大,逃秋也就变成一件头等大事。

今年财物的转运做得比往年及时。细软、家畜、黄花花的谷子都通过地道,安然地转到鹰山洞里。

今日里,四爷要做的,就是转移家中丁口。

四爷说的话,像凿出来的一样,板是板,眼是眼。

众家人仰目,看着土台上的四爷,侧耳倾听。

四爷的声音,仿佛凿进了每个人的心里:"规矩还是往年的规矩,牲口一律戴竹罩,人搬进洞里后,不得闹出声响。违者家法论处!"

场面一片肃穆。

家丁人口的转移进行得井然有序,这让四爷很是满意。

这天临睡前,四爷如同往日一样,把他的领地视察一遍。

长孙正发着高烧,哭闹声从包被底下一阵阵传出,在夜里显得格外刺耳,吵乱了四爷巡查的脚步。

四爷停下了脚步,看了一眼,只一眼,娃子再不敢哭,紧紧地偎在母亲的怀里。

夜已深,只有山风不时送来草虫唧唧的鸣叫,送来山中夜晚的寂静和安详。

那一晚,四爷酣然入梦。

前去探信的赵三回来,喜上眉梢,说,爷,昨晚山匪来过,又风一样走了。照这个阵势,明后天可安然下山。

几天后,四爷率领的丁口,分批下山。

逃秋的各家各户也从四面八方回到黑牛寨。仓皇出逃的人家都有财物上的损失,苏家的牛栏空了,黄家的母羊连同羊羔子都被牵了去,杨家的米仓被刨得见了底。黑牛寨里四个姓,就四爷领导下的陆姓家族未雨绸缪,财物毫发未损,完全保住。

只是,四爷的那张脸绷得紧紧的,脸上惨白一片,终日不见一丝笑容。

那次躲秋,四爷的长孙哭闹时被母亲用乳头堵住哭声,乳儿活活憋闷在母亲的怀里,死时,嘴角还不停地淌着乳汁。

四爷仿佛变了一个人,山羊胡子也凌乱了不少,见人就絮叨,我这长孙,还没喊过一声爷,也还未曾吃过秋后的一粒新米呢。

买担担

木根挑担担的日子紧接着小年的脚步到了。

挑担担是这一带的习俗。成亲前几天,先择个吉日,把女方备下的担担(嫁妆,过去用担子挑)搬到男方家,叫挑担担。担担小到暖壶、茶盘、提桶,大到彩电、冰箱、洗衣机、电风扇这些"四大件",一应披红挂彩,摆在堂屋前,一直摆到成亲的日子,供那天来喝喜酒的宾客过目养眼。女方担担的轻重,都是男方的面子呢。

担担进了门,木根的妈用眼睛筛过一遍,说:"'四大件'里的一件都没有,面子上怎么过得去?"

木根说:"得了,等日子好了,'四大件'一样不少地给妈挣回来,让妈面子比铜锣还大!"木根这几年种植蘑菇,连着亏空,折腾得家里差点只剩下一个炉灶了。彩礼送得薄,哪好再挑剔担担的轻重?

木根的妈却固执起来:"不成,你哥成家,至少风扇还是置备了,你们的显得马虎了,不能单委屈了你俩。明天去补买个风扇吧。"说着,她硬是把皱巴巴的一团小票塞进木根的手里。

木根把妈的意思传达给对象秋花。秋花听了,抿抿嘴,一笑,倒没有说什么。木根知道,秋花不吭声,这风扇,就得买。

第二天,木根和秋花在约好的地方见面,两人一同进城。村口的路上还没人,木根的手,不由自主地从后面绕到秋花的脖子上。秋花把木根的手摘下来,气咻咻地说:"还没出村口,到处是眼睛呢。"说完,她头也不回地走到前面去了。木根的小阴谋没有得逞,怏怏地走在后面,脚步渐渐放慢了。秋花的脑后仿佛长了眼睛一般,见木根慢下来,就慢下来,等木根要追上去,她又风一样走到前面去了。

两人一前一后进百货大楼,木根的脚还没迈进去,秋花转身就出来了。木根说:"不看?"秋花说:"不成。"木根说:"不看咋晓得不成?"秋花说:"这里东西贵,我们到新商场去。"

木根不想进新商场。秋花的一个姨妈,在新商场里面守柜台,见面就得啰里啰唆好一阵,不到半天都挣不脱身。这时,秋花的右手,五指叉开,柔柔地绕住了木根的手指,还拉了一把。刚才扭扭捏捏的秋花,进到城里,仿佛换了一个人。秋花这么一绕一拉,木根就由不得自己了,跟在后面往新商场走。

两人和姨妈说定了喝喜酒的日子后,秋花的眼睛开始在柜台里搜寻。

姨妈说:"一辈子成亲就一回,别舍不得花钱,想买哪样?"

木根刚要说电风扇,秋花一眼瞥了过来,木根只好闭紧了嘴巴。秋花说:"来一斤毛线。"

木根只好眼睁睁地看着秋花挑毛线,眼睁睁地看着秋花把票子抽去,然后心满意足地把毛线卷进包里。木根心想,花钱不晓得肉痛,这样逛下去准是把风扇逛没了。

这回,木根急火火地走在前面了。秋花说:"去哪?"木根把字咬得很重:"妈叫买风扇!"

秋花笑了:"木瓜脑袋一个!妈叫买风扇就得买风扇?眼下是冬天,买什么风扇哟!"

木根说:"彩电、冰箱那敢情好——就是扛不动。"

"谁叫你买！"秋花看着木根的急样，乐了，"摆担担那是做门面给人看的，日子还得靠咱实实在在地算着过，不是吗？"

木根挠挠脑袋，说："嘿嘿，说的和我想的一个样，心长到我肉里来了哟。"

秋花的手，握成拳头，鼓点般落在木根的身上。

木根连连告饶："回到家里，妈要是问起风扇……"

秋花把包拍得响："这不是给妈捎的毛线嘛！冬闲了，正好给她织件暖身的。"

木根立在那里，嚅嚅道："你？妈的毛衣……不是有了吗？还是高领的。"

秋花的食指像蜻蜓一样点在木根的额头上："傻子，亏你还是妈的亲崽！挑担担那天，我都看出来了，咱妈穿的哪是毛衣，是个假领子呢，只有脖子上的一截，是冷是暖我还能不晓得？"

木根摸摸被弹的额头，心里有暖风吹过，熨熨帖帖的，嘴上却更热辣了："哟呵，这才刚挑担担，还没正式过门呢，就当起管家婆了！"

冷冬里的阳光

走了一段山路，整个人困软得像棉花一样，我的脚步开始不听使唤了。挨着一块石头，我坐了下来。干爹佝偻着背，低头坐在我脚边的一块青石上，一动不动，像只缩着脖子的老鸟儿。

日头已经落到对面的鹰山坳口上，像一块焦黄焦黄的米糠饼挂在天空。远处的田野,被傍晚的日光涂抹成一片金黄。没一会儿,金黄渐渐淡薄,鹰山把日头一口吞咬了下去。

我说,天要黑了呢。

干爹说,嗯,记着,我们只能眯一会儿,不许睡过去。我知道干爹话里的意思。前几天,有人在路上歇息,打个盹,再也没有醒来,一觉睡成了死人。饿死人的事情,我们村子也在发生。

早上,太阳还没有爬上山坳的时候,我就跟随着干爹走在山道上。干爹的背篓里背着山豆根,我的背篓里也背着山豆根。这山豆根,上好的药材哩,卖到供销社里,就能换钱,换大米。18岁的我,第一次出远门,觉得自己背的不是山豆根,而是白花花的金灿灿的粮食,不!是背着活生生的希望。没有想到,还没有进城,我们就被"红袖章"赶了回来——山豆根也不准卖了。一天下来,我和干爹粒米未进。饥饿和疲劳,使得我的肚子连同希望都瘪了下来。

我抬头看看身旁的干爹,他的脸因水肿而胖得厉害。

他自己家里有几张等着吃饭的嘴,够他受的了。他常常在夜里偷偷地潜到河里捞些能填饱肚子的水草。每次,他从河边回来的时候,总记得往我家的石墙缝里塞上一把湿淋淋的水草。他常常摸着我嶙峋的排骨说,可怜呢,又亮出肚子,说,你看我胖的!然而他胖得越来越离谱了,都说他是虚胖,他总说自己身子骨好,饿不了。到后来,他的脸日见菜色。

这时,干爹的头垂得更低了。

"干爹!"看着干爹的脸,一种可怕的念头掠过我的脑子,我真的担心他就这么睡过去了。

干爹没有说话,只是用眼睛看着我。

我急忙抱着葫芦瓢,往龙须河那边走去。

河岸边的草,在黄昏下显出青黑的颜色。一只什么鸟突然嘎的一声,从草丛里蹿出来。我就是在那一刻看到那堆新土的。在离河岸不远的山脚下,不知什么时候添了一座新坟,坟前,还端放着一只白色的小碗。这一发现让我的心狂乱地跳起来。

我顾不上打水了,身上不知怎么涌出一股力量,向着那个目标走去。走近了,我一眼就看见坟前那一只小小的碗里,居然装着一碗杂米饭。我的心扑通扑通地跳起来,多久没有看到过米饭了! 这一碗杂米饭,说不定是谁家从牙缝里从老鼠洞里或是从别的什么地方抠出来的,但这已经不重要了,重要的是这碗米饭此刻真实地摆在我的面前。暮色中,谁也看不到我眼里饿狼一样的绿光。我弯下腰,双腿跪了下去,磕了三个响头,端起了那只小碗。

走在路上,我风卷残云般,很快吃了大半碗饭。那时候,我的整个世界里,只剩下这碗米饭了。后来,我把碗揣在怀里,碗里所剩已经粒粒可数了。

干爹靠在树下,见我回来,说,回家吧。我看着干爹浮肿的脸,心虚起来。我把小碗递过去,说,是祭饭,我吃了,你也吃!

干爹却死命地摇头,说,我不吃。

我说,不吃? 还死讲究!

干爹没有说话,他突然站起来,从我手里一把夺过碗,放在背篓里,还扒拉过一把山豆根,把碗盖住。

我们一前一后摸进村子的时候,村子已经黑透了。夜晚,像一口深不见底的大井,把房子、村庄、把我们都吞在里面了。

天明的时候我见到了干爹,他躺在堂屋里,身上盖着一领薄薄的草席。

那只碗,此刻就端放在干爹的前面。

干娘抹着眼泪,说:"昨晚,他还说自己吃了大半碗……"

我的泪下来了,一滴滴地落在碗里的白窑土上——那是送干爹上路的祭饭!……

那年冬天,我参军去了。瘦骨嶙峋的身体,体检的时候居然各项达标,一路顺利过关。在那个年代,这不能不说是个奇迹。

临入伍的早上,我绕道去向干爹告别。那天的阳光出奇的晴朗,鹰山脚下的山山峁峁,枯枝秃杈,还有刚迈出18岁门槛的我,全被黄蜡蜡的阳光揽进怀抱里。

青春舞曲

二哥从城关镇中学雄赳赳气昂昂地走出来的时候是正午,阳光亮得晃眼。二哥用手抹了一把眼睛,把额前的长发一甩,就晃着胳膊,在余老师惊愕的目光中毅然决然地走出了校门。

后来,据二哥本人描述,他是吹着响亮的口哨离开学校的。

那天,二哥穿的是裤腿敞口的"大喇叭"裤,二哥站在教室的门口,门口像齐刷刷地立了两把大扫帚,这立即引发了一场不小的轰动。班主任余老师停下课,用眼光在二哥的裤腿处量来量去,然后从牙齿缝里挤出三个字:"回去换!"

那时候,二哥也就18岁吧,像一只刚刚学会打鸣的小公鸡,气盛得很。二哥就拿出小公鸡斗架的气势,说:"为什么?"

"没有那么多的'为什么',你看你,这身打扮,扫大街啊还是来学校上课?"余老师的脸都气白了。

二哥一副满不在乎的样子:"满大街的人都这样穿,你,管得着吗?"

"我管得着你,行不?"

两人就僵持在那里了。

最后,二哥头一扬,说:"我就不来读这个鸟书了,看你还管得着!"

就这样,为了捍卫一条喇叭裤的权益,二哥潇潇洒洒地离开了学校。离开了学校的二哥,每天吹着口哨,游荡在我们城关镇的街头巷尾。

居然,二哥开始有了收入,也就是一角、五角的小票,二哥把它们一张一张地摊开,排成长长的一列火车,以此向我炫耀自己的功绩:"怎样,丫头,你二哥还是有两手吧?"

我没好气地说,"人家要写字呢。"

"哼哼,死读书,读死书,读书死!想当年……唉,不说了,好汉不提当年勇!"说着,二哥趿拉着拖鞋,又溜达到街上去了。"太阳下山明早依旧爬上来,花儿谢了明年还是一样地开……别的那呀呦,别的那样呦……"《青春舞曲》化作二哥快活的口哨声,嘘嘘地洒了一路,一直洒到城关镇的街口。

二哥来历不明的财产终于引起了爸的重视。爸把二哥从街上拎回来的时候,二哥像杀猪一般地嚎。原来,无所事事的二哥开始染上了赌博。赌是爸深恶痛绝的,爸把二哥反锁在柴房里,说要他面壁思过,不改不放出来。

二哥刚开始用绝食抗议。第二天,我从窗口递饭的时候,二哥顾不上气节了,吧唧吧唧地把一海碗的饭一扫而光。吃饱喝足之后,二哥的口哨又嘹亮无比地响起来了:"别的那呀呦,别的那呀呦……"小小的柴房里,时而传来夜莺的清唱,时而传来布谷的啼鸣,煞是热闹。

第三天,当我从窗口递饭的时候,却发现柴房里已经人去楼空了。

我们一家沿着城关镇一路找去,妈的眼睛似乎要变成梳子,把每个角落都梳过一遍,然而,哪里有二哥的影子呢?二哥这只斗鸡,家里关不住他,城关镇哪里又能关得住他?

二哥给家里写信,是两年后的事情了。二哥说他在广州打工,叫家人勿挂念。此后,每换一次厂,二哥就来一次信,告诉我们他最新的地址。信里往往只有寥寥数语。

见到二哥,是在广州沙头一处工地的大门口。二哥一身蓝色的工装,上面蒙着一层灰。乍一见我,二哥有些吃惊,问:"你,你怎么来了?学校放假了么?"

我说:"我现在的学校离你这里特别近,以后我可以常常来看你了。"

二哥变得局促起来:"别,别,还是我去看你好了。浪费学习的时间,不值得呢。"

我说:"二哥你还好吧?"

二哥说:"还不是这样,几次要去看你,唉……"

我知道二哥有自己的难处,二哥先后换了几个工地,这次刚进的厂还经常拖欠工钱。

说话间,二哥几次抬眼看腕上的电子表。已经是上工的时候了,厂里的时间规定得死,迟到一分钟都要扣钱。

二哥在口袋里掏了好一会儿,掏出一支金色的钢笔,很小心地旋开笔帽,然后又拧上盖子,这才交给我说:"现在想起来,在学校里写字,是多好的事情。丫头,听说大学里常常有人逃课,你可别逃。"二哥说这话时,恍惚间,我仿佛看到他当年口哨嘹亮地

逃离学校的样子。而今,二哥已经在广州的各个工地上摸爬滚打了八年。

二哥转身走入上工的人群中了,他蓝色的工装背影,很快没在蓝色的人流中,我的眼睛怎么也找不见我熟悉的二哥了。我的耳畔分明又响起了二哥那熟悉的口哨声:"别的那呀呦,别的那样呦,我的青春小鸟一样不回来……"

掌声响起来

黎想坐在教室的后排,身材高大的他夹在小同学中间,像是一只青蛙混进了蝌蚪群里。

黎想这次进学校,是"二进宫"了。

老爸把黎想押到学校,说,你在学校里老老实实地待着,要什么都可以,要不然,哼哼!别想从我这里得到一个子儿。老爸冷着脸看着他,一副商场上谈判的派头。黎想知道,他没得选择了,只好乖乖地按老爸的设计进了学校。

班主任覃老师是一个慈眉善目的中年妇女,干核桃一样瘦小。同桌说,覃老师没有什么脾气,不过,你小子得小心,小心被她感化了。没有脾气的老师,黎想喜欢。先前的那个班主任,铁塔一样,镇得黎想没过上一天正常的日子,逃课逃成了精。后来他索性东躲西藏,不上学了。

覃老师第一次来上课的时候,一身白色运动服,清清爽爽的。

黎想正在鼓捣短信,他刚从一本漫画书上搜到的:

这人呀,一上年纪就爱放屁。

过去一天三遍地放,麻烦。

现在好了,有了新高压屁,一个顶过去五个。

高压屁,水果味。

真的,一个屁蹦五楼,不费劲!

黎想在教室里大声宣读这条短信,全班同学个个笑得人仰马翻。他如获至宝,突发奇想,要是在课堂上也来这么一场"大闹天宫",就给覃老师来了个下马威。如果她知趣的话,保持沉默,以后井水不犯河水,她上她的课,他玩他的游戏。

果然,覃老师走过来了,她看了短信,朗朗大笑起来,还兴趣盎然地说:"有意思,真是有意思,还有吗?"

黎想得意地翻出几则短信。覃老师看了又看,说:"你自己写的?"

黎想诡秘地一笑,说:"哪能?我水平有这么低劣?"

"好啊,这节课我们就即兴创作短信,怎么样?有兴趣吗?"覃老师突然向全班同学宣布。

教室里欢呼一片。

大家的目光都聚焦在覃老师的身上,她从短信的产生,到市场前景,再到创作方法,侃侃而谈,口若悬河,一气呵成。短信这种玩意儿,仿佛是她的一只宠物,她随意牵着它在遛,那神态,如闲庭信步。

对短信,黎想并不陌生。那节课他一气呵成,写了十数则短信。

覃老师走过他的身旁,兴致勃勃地看着,还意犹未尽,对着全班同学大声地朗读。

当黎想把作业本交到覃老师手里的时候,抬眼,他的目光,触

到了覃老师的眼睛。那潭水一般澄澈的眼睛里,仿佛装着很多很多的内容,疑问、期许、鼓励……还有赞赏!他还是第一次这么近距离地看着老师的目光,他一直以来挺得很直的脖子,突然害了羞一般地弯下去了。

他听到了覃老师的话:"哦,你的大作,容我拿回去慢慢欣赏。"

覃老师的声音,静如止水。但不知为什么,这声音在他的心里掀起了万丈狂澜。欣赏,她说的是欣赏?也许这对于别人来说,是稀松平常的事情。可对他来说,足以引起一场心理的"地震"了。这声音,就像……对!就像一则短信里所说的,是高山雪莲,是空谷幽兰。

不久后的一天,覃老师拿来一张汇款单。见到黎想,覃老师欣喜若狂,说:"你的!"

黎想一看,汇款单上写着自己的大名。原来,那几则短信,覃老师拿去给一家什么报社发表了,这是稿费。

他从来不知道,自己也可以挣钱。他以前只知道,钱是老爸提供的。现在,他开始懂得了以前他没弄懂的一些东西。

此后,黎想如脱胎换骨了一般,他变了。

数年后,黎想子承父业,把父亲的公司做大。

作为年轻有为的成功人士,黎想被邀请到学校做报告。他的演讲,数次被掌声打断了。他特意走下台,把最尊敬的覃老师扶到台上,当着很多人的面,他问覃老师:"那一节课,您好像是临场发挥的,当时,我真是震惊了。"

覃老师微笑着说,现在可以告诉你了——那节课,可是我特意为你一个人而准备的,一节课确实只用了数十分钟,但为了上好它,我用了大半辈子呢!

如雷的掌声中,黎想向覃老师深深地鞠了一躬,说,老师,那一节课,您给我的第一声喝彩,将与我同在!我把《掌声响起来》这首歌献给您和所有的同学!

此时,台上台下歌声交汇:掌声响起来,我心更明白,你的爱将与我同在……

醉秋风

日头刚偏向西山,德庆老叔就把黑牯牛赶出河边的坡地了。

牛还没有吃饱肚子,不时把头伸向路旁的稻田,偷啃两口。

德庆把细柳鞭挥得响,鞭子发出"得儿飞——得儿飞"的叫声,在头顶上一扬,却落在一丛三轮草上。

三轮草叶子韧,黑牯牛精明得很,放着路边的草不吃,专吃稻子。

晚稻刚抽穗,旺旺实实的,一片绿。这季晚稻,怕是保不住了呢。

推土机已经轰隆隆地开进了村子。村子的旁边,要建一个度假村。这一片土地不久前被征用了。夏收后,德庆家和各家各户一样,还是赶着季节种下了晚稻。这是种最后的一秋了,能收获就收获吧,不能收,那也是没有办法的事。

在机器的轰鸣声中,秋天像个醉了的老婆子,跟跟跄跄地走来,脚步零乱。山上都见枫树红、桐叶黄了,可田里的晚稻还是眯瞪着绿眼,没有黄的迹象,让人心焦。度假村的进展却快得惊人,

没半年工夫,风俗园就建成规模了。德庆脚下的这块田,正是自家的责任田,马上就要被推平改成"农家乐园"。

稻田里面跑车子,不给种稻子了,乐个屁!仿佛跟谁赌气似的,德庆扯了一把三轮草,扬手甩出去,草叶纷落在河水里。德庆心里对黑牯牛说,我也不管你了,吃吧,吃吧!不吃,这些葱绿的稻子,早晚也要埋在推土机的齿轮下面呢。德庆放纵了牛,牛得允许,便放开肚皮,把路边的稻子啃出矮矮的几行,像是用镰刀收割过的一样。

河那边漂来一只竹排,竹排近了,一看,是老旺。

老旺的命不旺,总背运。那年分田,老旺分得瘦狗岭的一大片旱田。老旺人勤快,侍候了田地,还拦河筑网养鱼。前年发大水,鱼塘被淹,网里的鱼全被卷进河里了。今年,刚撒下鱼苗,鱼塘又被征用了。据说这里要改建成游泳池,这下,老旺正忙着打捞鱼苗。

老旺见德庆老叔,远远地打招呼:"这么早就赶牛?"

说到牛,德庆的眼里就有些热。镇上的牛贩子今天来拉牛,说好今天不放牛出栏的。德庆心里有些不舍,还是把牛牵出来兜了一圈。

见到老旺,德庆的心里突然有了底,他已经打定主意了。他朝老旺招手,说:"老旺,你过来,和你说个事。"

老旺把筏子摇到岸边,说:"老叔有事你就说嘛。"

德庆说:"你瘦狗岭那片地,征了没?"

老旺说:"没呢,这次以为被征出去,谁承想,近水边的好地全给征了,那块地倒还在。地瘦,又偏,鸟都懒得拉屎。"

也难怪,老旺家的那块地,没有身强力壮的牛,还真犁不动。老旺家那头老母牛,一到冷天,大把大把地脱毛,一副病恹恹的样子。

德庆说:"我的黑牯牛,耕田犁地没得说的。你想要就牵走!"

老旺惊疑地瞪大了眼睛,迟疑了一下,说:"我家哪里牵得起?牛贩子开的价,我家出不起。"

德庆说:"你当帮我养着吧,价钱还可以放低,你哪时有了再说。"

老旺自然是惊喜万分,千恩万谢。德庆慢慢地赶着牛回村了。德庆想,改天把牛给老旺送过去,牛还在村子里,就当自己还养着。

转个弯,就看见村子了。屋顶升起的炊烟、机器扬起的粉尘,被干燥的秋风一扯,乱糟糟地在村子的上空纠缠、拥挤,喧闹成一片。

在村头,德庆见到了老伴。

老伴说:"早不来,牛贩子都走了。"

德庆说:"哦。"

老伴说:"被征地的人家,都卖牛了。"

德庆说:"哦。"

"村支书家的,卖了一千八。"

"嗯。"

"大叔家的,卖了一千二。"

"嗯。"

"三姑家的那头菜牛,还卖了一千。"

"嗯。"

"你咋的了?"

"我们家的黑牯牛,我给老旺了。老旺家拿不出现钱。"德庆

说着看了看老伴,德庆以为老伴会跳脚骂人。

老伴抹了抹湿了的眼睛,没有说什么。

德庆知道,老伴也心疼着黑牯牛呢。德庆反过来安慰老伴:"也好,田没了,地也没了。咱们以后还能见着黑牯牛,心里总算不那样空落。"

两人闷声不响地走着。

德庆熟稔地飞起一鞭,鞭子轻落在黑牯牛肥硕的屁股上。德庆往日那雄壮的吆喝声,在乱纷纷的秋风中走了调儿,变得没精打采的:"嗨哟——嗬嗬——回家去哟——"

鸽子石

韦老师语文数学哪门子课都能教,就是不会教唱歌。这天,韦老师搔了一下头皮,叫我和双能给队长捎话,找个知青来充当临时老师,专教唱歌。

双能他爹是队长。我们屁颠儿屁颠儿地找到队长,队长二话没说,把我们领到田头。

知青们正在田埂上说笑打趣,远远地见有人来,像群受惊的鸭子一样,纷纷下到田里去了。

喂喂,你们这里有谁能唱歌?队长把手合成喇叭,接在嘴上,放着嗓子对田里的人喊。

有人推了一把王海燕,笑。

王海燕整个人丝瓜样儿,瘦条条的。扁担往肩上一放,她身子就跟着担子左摇右摆的,真让人担心她会被扁担压扁,看一眼就晓得不是劳动的把式。平日里,知青们在一起干活,一行人稀稀拉拉地排开一线插田,插到中间,老油子们都搞"距离战术",把秧苗的间距拉得很大,一个个插得飞快,只有王海燕中规中矩,把秧苗弄得疏密有致。大家都盘着手坐在田埂上说笑,她还像只大呆鹅一样,在田里埋头苦干。

在笑声中,王海燕被知青们半推半拉,押上了田埂。

你能唱歌?队长的眼光落在王海燕瘦丁丁的肩膀上。

王海燕点了头,很重地点。

要的就是一个态度,队长说,教好了,以后给你派个轻松的活路,教书去。

王海燕的脸干红干红,像火烧一样,眼里透着一丝熠熠的亮光。

王海燕被队长带进教室时,裤腿还挽在膝盖上,头上戴着一顶海帽,帽檐往下拉着,只能看见她的半边脸。她勾着肩膀,双手在胸前扭了一会儿手指头,走到台前,摘下海帽,朝我们鞠了个躬,说,我先来教大家唱支歌。说着,她捏着嗓子唱起来:

能挑挑千斤担,

不挑九百九。

迎着困难上,

顶着风雨走——

……

歌声尖尖利利,如受惊的鸟,在我们的头顶上呼啸着飞过去。

双能捂住耳朵,把嘴凑过来,对我说,妈哟,这么尖的声音!

双能爆出一串怪笑:咯咯咯咯!

王海燕干红的脸一阵白,密密地渗出汗珠。她抹了一把脸,说话结巴起来,现在我……我……我们来唱歌谱,我先唱,"发——发——索拉——"

我们头次听说歌谱,大家撇嘴弄眼,拉扯着嗓子,也唱:"发——发——索拉——"

她停下来,愣着看我们,说:"这……这里只唱一个'发'。"

王海燕又唱:"发——发——发——发发——索拉——"

我们跟唱:"发——发——发——发发——索拉——"

王海燕又停下来,伸了一个手指头,嘴张了好一会儿,才说:"错……错了,这里也只唱一个'发'。"

我们都蒙了,说你自己分明唱的五个"发"。我看见王海燕的脸涨得紫红紫红,说:"不……不管我……我……我唱多……多少……多少个'发',你们都只……只能唱一个'发'。"

原来她是个结巴子!哈哈!双能学着她的样子,说:"我……我……我……只唱一个'发'的啦。"我们都被逗笑了,笑声像爆发的山洪水一样,瞬间淹没了整间教室。

教室里乱成了一锅粥,歌是唱不下去了。王海燕看着闹腾腾的场面,手足无措,欲言又止,紫红的脸罩一层青白,戳在那里,木桩一样。韦老师突然站在门口,紧绷着脸,喝道:"反了!"我们收敛了猴性,规矩起来。

咯咯。队长忍住笑,对王海燕摆手,说:"回去吧,回去吧。"

王海燕还是钉在那里,不动。

队长说:"放心,今天的工分算全。"

王海燕仿佛没有听见队长的话,泥塑木雕一样立着。

队长说:"咦?你还想教书不成?"

王海燕红着眼睛,低埋着头,风一样地跑出去了。

知青返城时,王海燕却留在伏牛岭上了。

最后一次见到她,是在伏牛岭的一个山谷里,她像一只黑色的大鸟一样,扑在长满荆棘的乱石丛中。在她的周围,晶亮亮的鸽子石,散落了一地。

"那是她从石崖岩洞里采的鸽子石。"韦老师哽咽着说。

鸽子石?那是一种专治结巴子的石头!

呜呜低鸣的山风声里,我又听到她尖利的歌声:

能挑挑千斤担,

不挑九百九。

迎着困难上,

顶着风雨走……

抬眼,鸽子石洞贴在伏牛山崖壁上,就像怪兽张着的巨嘴。谁也不知道,那些让她失足落崖的鸽子石,曾向她发出一种怎样的召唤。

夜的声音

风抽打着竹林,噼里啪啦。河西那边的鹰山崖上,有蛤蚧叫起来,咯咯,咯咯,咯咯,声音闷声闷气的,像从一口深井里发出来的。还有什么动物的怪叫,一声接一声。

庆双喜欢听着蛤蚧的声音入睡。

前两年,爹还在村里猎蛤蚧。夏日的夜晚,月光落满山谷,山谷里一片银白。爹带着庆双和小白,沙沙沙地走在月光铺满的草路上。爹的腰间,挂着一个竹篓,三只五只蛤蚧,在篓里蹦跶。爹吧嗒着烟,哈出一团一团的白气。那个时候,夜晚的声音,多么好听。也是那个时候,庆双学会听不同蛤蚧的叫声。爹说,你听,咯咯,那是公蛤蚧在唤;咳咳,那是母蛤蚧在应答。庆双说,那小蛤蚧怎样叫呢?爹想了一下,说,小蛤蚧呢,叫起来就像你在哭一样。说着,他咯咯地笑起来了,庆双也笑了。那笑声,真响啊,山谷里都回应着爷俩的声音。

后来,蛤蚧少了,蛤蚧的叫声稀了。村子里的人,很多都进城打工了,爹也进了城。留守家里的,就剩自己和小白了。

小白这会儿也不叫了。它把自己缩成一团绒毛,蜷在床前的草筐窝里。筐里的草是新垫上去的,还散发着田野的淡香味道。小白睡得那么香,动也不动一下。小白是条狗,全身白毛,成天在泥里摸爬滚打,白毛被泥浆染得黄不溜秋的,乱蓬蓬的皮毛上还常常黏着草屑。

明天得带小白到龙须河边洗个通透的澡,庆双想。

小白突然拉长腰胯,一跃而起,冲着窗口汪汪地直吠。村里的狗,一只,两只,三只……跟着吠起来,一时间,村里的狗闹成一片。

有人暗暗地骂了狗,踩着脚步声过去了。

不是爹,爹的脚步声又重又慢。爹先前还狩猎的时候,脚下像踩了风一样。不知什么时候起,爹的脚步慢下来了。阿妈进了城打工以后,开始还回来,后来就不回家了。爹在城里一边打工一边找阿妈,爹一定走过许多路,脚步都走得疲沓了,像拉着犁耙的老牛。听到老牛一样的脚步声,庆双的心里就会欢欢实实地跳,像揣了只小蛤蚧。

小白再不肯睡下,舔着舌头,蹿上蹿下。

庆双从床上跳下来,拖着鞋子,走到吊篮下,伸手一摸,只剩一个鸡蛋了。

以往,鸡蛋快没的时候,爹总会从城里回来,扛着半袋米,一盒鸡蛋什么的。关照完家里的猪呀牛呀,爹就回城里的工地了。

有时候,爹也会在庆双的床上挤一个通铺,刚躺下,庆双还在听蛤蚧的声音,爹已经睡过去了,呼噜声震得山响。

每次,爹走后,庆双拿出鸡蛋,一个一个地点,再放到吊篮里。

一天一个蛋,蛋吃完了,爹也就回来了。庆双真恨不得一下子把蛋煎完了。庆双没有这样做,庆双喜欢吃煎蛋,而小白呢,喜欢喝蛋汤。

每一次,庆双把蛋打到小碗里,总会匀成两半,一半煎,一半煮汤。庆双吃饭的时候,小白会趴在桌旁,哧溜哧溜地享受着属于它的美味。

这会儿,庆双见小白直舔舌头,索性把整个蛋都煮成汤了。

小白喝完蛋汤,怎么也赶不进草窝。它直坐在庆双的床前,似乎也在等着什么。

那边崖上,蛤蚧吵闹得正欢,仿佛,它们的白天才刚刚开始。

回 乡

午后浓重的日光,给苞谷地镀上一层金。没有风,屋旁的苦楝树愣怔着在日光底下晒暖,像个老人,闲适安详。

看到家了。山子站在山梁道上,熟悉的田野、房子、树木都扑进他的怀里,心里有些潮湿。他将左手在汗衫的袋子里摸了摸,硬硬的,还在。那是一张卡。

山子这次回家前,跑了一趟银行,把满打满的五万块钱存进卡里。回到工棚,工友们都上班去了。山子用左手长一针短一针地缝,把卡小心翼翼地缝进贴身的汗衫兜子里。五万块,那是山子失去一只手的赔偿款。山子打一辈子工,也不值这个数。

工友们都说,山子这次发了,这只右手值钱,值!真他妈值。

靠!谁给我五万,把我这只手砍去。再给五万,连这只也砍去了。和山子特别要好的虎头,把拳头擂在山子的肩膀上,嬉皮笑脸地说。

那时候,山子刚从工头那接过那笔赔偿金,其实也就一张支票,山子拿在手上,却觉得手头沉甸甸地重,自己的手上什么时候拿过这么多的钱啊?心里热乎乎的,有一团火在烧。烧过了,心里又空落落的,像冬天里的山谷,满坡萧萧索索,似乎什么也没有。

山子的右手丢了。在一次操作中,机器的传动带出了问题,右手被机器"吃"了进去。

醒来,山子已经躺在医院的病床上了。山子看着空荡荡的袖管,眼睛木呆呆的,心里如翻江倒海一般,怎么办啊?以后怎么办啊?

那时候正轰轰烈烈地开展学习《劳动法》的活动,就有热心的城里人伸出援助之手,帮山子打官司赢得了那笔巨款。

祸从天降,福不期而遇。山子尝尽了大悲大喜,也就没有什么太多的想法了,他卷了包袱,回老家了。

门大开着,爹和娘都在,坐在家门口的矮石墩上。

爹在抽旱烟,见山子斜挎着背包,晃着一个空袖管走过苦楝树下。爹怔了一会儿,丢下烟袋,猛地站起来,疾步走向山子,说,来了?

山子说,来了。

山子抬头看娘,娘一脸的笑意。娘咧着嘴对着山子笑,眼睛是笑的,脸也是笑的。这笑,让山子有些猝不及防。好好的手,说丢就丢了,山子一路上都在盘算着怎样给娘一个交代。虽然在电话里说过了,但毕竟不是见面,娘看着没有手的袖子,会产生怎样的想法呢?娘的笑,有些生生的味道,但到底让山子悬在喉咙里的心安下来了。山子说,爹,娘!

爹往时的苦瓜脸,也拧出笑意来。爹过来解下山子肩上的挎包,忙招呼山子坐下,倒像是迎接远方的贵客呢。

山子说,三年了,没有回来。

是三年挂零了,爹接过话头,说,你娘天天掰指头算着。

三个人静默着坐了一会儿,爹发话了。他对着娘说,过去收拾收拾,今天晚上搞他两桌,好歹娃回来了。把前头家的他大伯,后头家的几个叔一道请过来,往后指靠人家的日子还长着呢。

菜是地道的家乡菜,白切猪脚,豆腐,辣干熏肉,过年一样满满当当的，摆在院子里，院子的树下顿时热闹起来。

叔和伯说到山子的伤情，大家都唏嘘不已。

爹一杯一杯地劝着酒，一个劲儿地喝。红苕酒很快就上了头，爹红着眼睛说，去，敬你叔伯几个。

山子左手端过酒，高举到额前，说，侄儿手短了，心是一点也不短，敬叔伯一杯！

叔几个都说，这杯，得喝！大家都要喝见底。

大伯端过酒，咕咕就干，大伯说，侄这只手也算得金贵了。大伯我挖了一辈子的土，也没有挖出过钱这东西。日子总是穷得叮当响。

几杯酒下肚，山子有些不胜酒力了，不知怎么地摇晃到苦楝树下了。

苦楝的横枝，都有一抱粗了。那时候，山子常常爬在横枝上，吊着两条腿，在树上玩。

娘常常就从屋子里追出来，拿着扫帚，嘴里说，又上树去了，看我不打断你的手脚！山子学了一声鸟叫，得意地朝娘扮鬼脸。娘抬眼看着树上的山子没辙，只好对着树上喊，在树上当猴子，别下来吃饭了。听着娘带笑的骂，山子的心，甜滋滋的。

山子看着苦楝树的横枝，轻叹了一声。

月光在苦楝树下织出斑驳的树影。风凉了，呜呜的声响，倒像是人的哭腔。娘！山子失声叫起来。娘蹲在树下，抽搭着肩膀，抖得像风雨中的叶子。

娘。山子唤。

娘没事，回去。

我不让你苦。山子用左手扶住娘的肩膀，说。

我倒是愿意自个儿遭十辈子的苦，也不愿看到你这样。

娘,我有钱呢,赔了五万块!山子掏出了卡。

都说值了呢,我自个儿都不值……山子还没有说完,娘的手掌就热辣辣地扇在他脸上,娘扯着嗓子说,看贱什么都不要看贱了自己。娘的声音,像炸雷,轰地响在山子的耳旁。

山子的眼里,泪雨如注,干涸的心里第一次涌出了泪花来。

葬

"人都快咽气了?咋不早说?"

太师椅上的四爷吧嗒了一口炮筒烟,烟雾丝丝缕缕地飘上房梁。四爷的眼睛像枚木楔子,死楔在梁上,声音像是从葫芦里挤出来,闷闷的。

"痰卡在喉咙里,上不去,下不来,折腾了一夜。后来喝了稀粥,现在缓过来了,还不晓得……"敢壮的声音,糯糯的,像糍粑,黏糊不清。

四爷还是听进去了,哦了一声。

一袋烟工夫,铁头村古榕树下的那门铁铳放了三炮,接着是男人吆喝的声音:"集合了!"

村里人听了,心里多少都有了个数,那门铁铳,只在红白喜事的时候放。这么个夜晚,黑咕隆咚的,还震天响,凶多吉少。

古榕树下的人围成半个大的圆圈。他们面前不远的土台上,燃烧着一堆熊熊大火,火光把人们的脸和衣服映得一片红。火吐出巨大的芯子,仿佛要蹿上夜空,舔干夜空黑黝黝的脸。这样大

的火!

"来了!"人群中有人压低声音说,引起一阵小小的骚动,人们自动让开了一条过道。

一个半人高的箩筐,被三四个汉子抬了进来。箩筐里塞着破棉胎,棉胎中间裹着一个人,歪着脑袋睡着。人们凑近看清了,正是敢壮他爹。

料想中的事情,终于在今晚来到了。人们仿佛闻到了死亡的气息。

"还有一口气。"四爷拿着竹筒火把对着筐子照,低声说。随后,他转身,高声宣布:"按村里的规矩办!"

全场的人,齐刷刷地跪了下来。

"爹,喝水了,要上路了……爹啊!"敢壮跪着挪到箩筐跟前,手里的碗抖得像筛糠,"喝饱了……择个好时辰去那边……爹!"

水进去了,在喉咙间"咕"地响了一声。

"爹!……"敢壮糯糯的声音突然变得尖细,抓破了夜空。

人们的心都揪紧了。

敢壮被几个大汉挟着带了出去。

四爷站起身,端了酒坛,将酒在火上浇一圈,火噼里啪啦地欢腾,在空中呜呀怪叫。

人们都说,一刻也不能耽搁了,气一断,死人的病就要找活人附身。

敢壮他爹得的是一种怪病。

那一年,铁头村一带发大水,山洪卷过,村子一片泽国。人们爬到天牛沟的坡头上,一开始哭的哭,叫的叫,后来渐渐没有了声息,饿。

一个怪模怪样的人这时候出现在村里人面前。他抬来一口铁锅,居然是满满的一锅高粱粥。饥饿的村里人把粥一扫而光,这才发现,送粥来的这外乡人真是怪,鼻子深塌,脖子、耳根的肉,好像被什么给啃了,凹陷下去,吓人呢。外乡人身后的娃崽,倒是齐整干净,样子也还伶俐。

洪水退了,村里人撤离天牛坡。外乡人扑通一声跪倒下来,说:"我们逃出来时已经没有家了,山洞里的日子不是日子,娃崽成天跟着狮吼狼嚎,求村里人给个立足之地。"四爷一把扶起他,村里就接纳了这个样子奇丑的外乡人。这个外乡人正是敢壮他爹。

外乡人在山脚下乱石堆里搭了个棚子,算把家安了下来。有人探出了外乡人得的是麻风病。难怪!躲在深山洞里。

恐慌开始在村里蔓延,这种病,缠人哩,病人一蹬腿,麻风就缠住活人,一代一代地传。

村人合计着驱逐外乡人的事。

敢壮爹声泪俱下,咬着牙说:"求乡亲留下娃崽,给他一条活路,好歹我们救过铁头村,活就活在这里,死也死在这里。我这老骨头,死前一把火烧了。"

规矩就这么立下来了。

火灼灼地红,把人们都烧成了一堵红墙。

"时辰到——"四爷的声音拖着尾巴在人墙里绕来绕去,没有一个人敢动。火在刺啦刺啦地唱。

"爹!"敢壮这时像一头疯了的牛,闯进人墙,扑倒在箩筐上,"爹!我们回家去。"敢壮驮起箩筐,像驮着一座大山,一步一步地朝天牛沟方向走去。

四爷的脸抽搐了一下。他猛地站起来,从嘴角抖出一个字:"封!"之后,他又低着声对身边的几个人说:"把天牛沟给堵起

来。"说罢,对着火红的人墙,四爷响亮地掷下硬邦邦的一句话:"唢呐开路!送他们上路。从哪里来,到哪里去。"

活人送活人,吹唢呐的也不知道该吹什么曲儿了。唢呐一阵呜哇呜哇,声音抖落一地。走了调儿的腔腔曲曲,渐去渐远,就掩埋在1911年天牛沟猎猎的风里了。

药　匠

拉卡山坳往西而下,是一片草塘地,再过去,是一片茂密的原始山林,林幽山险,加上有草塘作屏障,游勇强盗常年在此出没。

入秋,草塘里的芦花扯天扯地地白,在一早一晚的斜风里,芦花飘飘悠悠,把九月的天搅成了洁白的世界。

每到芦花飞雪时,抢秋的山匪,说来就来。

往年,收了秋的大户人家,粮食归仓后立即运送到山洞秘藏,他们则拖家带口,翻过拉卡山东边的坳口,有下德桑镇的,也有上镇西圩的,躲过一阵是一阵,在这一带,叫逃秋。

这年,芦花又飞白。山匪没有过草塘来——持枪的剿匪工作队八月已开进坳里来,山林里的匪徒,能不望风而逃?

人们估摸,一场恶战,迟早要来。

然而,工作队在草塘边的村里扎下来后,只是按兵不动。

工作队的队长,一个有着长臂猿一样手臂的细高个儿汉子,这天甩着长臂,大步流星地走向药匠德文家的院里。

熟门熟路地进了院子,队长也不招呼,拉过一张稻草编的凳子,坐在药匠身边,陪着看他忙碌。

药匠拿过铁夹,手指一弹就从竹筒里夹起一条雷公虫。雷公虫在夹子中扭成个"S",药匠的眼光就定在"S"上,头埋着,眼皮也没抬一下。

"上山那事,先生可否再思量?"队长看着忙碌的药匠,说。

药匠把雷公虫一松,丢进酒罐里。雷公虫在罐里跌跌撞撞地爬游,药匠出神地看着雷公虫在罐里一圈又一圈地转。末了,才把罐子旋上盖,自言自语地说,这雷公虫,毒。经过酒泡,就是好方子,是解毒、治痛的良药。一番答非所问的话,算是搭了队长的腔。

"先生,上山那事……"

"不上!"药匠的脸,扭成了苦瓜,看队长的眼,仿佛在滋滋地冒着冷气。

山匪头目的细娃,据说得了什么怪病,一日日下来,都不成人形了。头目放出话来,谁上山治好细娃的病,赏重金。药匠行医多年,心中自有数,病状虽怪,无非是瘴疠,乃山林里瘴气弥漫,温热蒸郁所致。用他的验方,三五副见效。

别说重金,请大轿来抬,药匠的心也不会动一下的。药匠的冷眼里仿佛看见那年秋后的火。山匪抢劫后,烧火断路,草塘成了火海。火舌舔着苇草,蔓延开来,火烧连营,药匠家里的药坛药罐在噼里啪啦的燃烧中爆起来,娘在火海中颤着的那一声"文儿啊——",至今还撕裂在他的心里头。要上山,除非娘能复活过来,药匠的心如磐石。

工作队却要拿上山治病的事,大做文章。为了请动药匠德文,队长每天来院子里打坐,这已经是第七天了。队长软磨硬泡,药匠软硬不吃:"为杀我娘的人治病,我做不来!"

队长听了药匠的话,知道又碰了钉子。他站起来,和几个小兵把苇秆一捆一捆地扎了,靠在院墙上。墙根下,苇秆堆成了小山包似的。队长堆好了柴,就去井边挑水了。药匠看在眼里,嘴上还是那句话:"绝不上山!"

"上一趟山,救人,也保得一方乡土的安宁啊。"队长说着,眼光掠过草塘。草塘的芦花正在扯絮,一只如豆的鸟儿,在苇叶上轻点一下,惊起,又飞到别的苇子上了。队长看得出神,喃喃自语:"明天,明天就是最后的时限了。这片草塘,又要滚过隆隆的枪炮声。你娘在那一头,也不忍看到这样,唉。"

药匠的娘,就安葬在草塘那一头的山坡上。那片草塘,像天地间一张宽大无比的白床,轻轻地,将安睡了的娘托在上面。

药匠的眼睛濡湿了,说:"我……我只是个药匠,没用的药匠,连娘都保不住。"

队长说:"先生,你若肯和我们上山,救了人,我们甚至不费一枪一弹,就能救一方的人,保一方的平安啊!"

"土匪的话,能当真?"药匠望着队长,问。

队长轻轻地点了点头,他的目光掠过草塘,悠长,悠长。午后的草塘,躺在阳光的怀抱里,显得和平安详。

蓦地,药匠看到了安睡的娘,平静,祥和,如草塘上空的一朵轻云。

他的眼里滚出泪水,转身,默然,把药坛药罐,装进木箱里。

几天后,大队人马走进山林,走在最前头的,是队长,还有挎着药箱的德文。

他们的面前,偌大的草塘里芦花正飞雪,一团团,一簇簇,洋洋洒洒的一大片,和巍峨苍翠的拉卡山,构成了一幅天然的山水画。

如影随形

春草又听到槐树下那悠远的上课铃声了。如果不出来打工,春草此时该踏着铃声进教室,坐在第三排第二桌的位置上。那个位置靠着窗,槐花开放的时节,粉白的花瓣儿常常不请自来,悄然落在书页上……

离开了学校,那间教室,那些飘飘悠悠的花瓣儿,常常伴着叮叮当当的铃声,在春草的梦里欢跳。

眼下,快要攒下最后一个学年的费用了。这梦里的情景,又在春草的心中奔突了。

开学那天,娘的话还响在耳边,娘说话总是絮絮叨叨的:"又要学费?哪个妹子不是嫁人就过一辈子?人家妹子往家里挣钱,我们家的读书读败了家。"春草嘴巴一撇,说:"我自己挣!"

春草悄悄地把请假条压在金老师的书本下,义无反顾地走出了校门。春草回头望望槐树下那间熟悉的教室,她以为自己会流下眼泪,可是没有,她已经会把泪水收藏在心里的一角了。

春草和同村来的几个姐妹相比,个头要矮一截,她过了春刚满16岁。进第一家公司填表的时候,春草的笔头轻轻一钩,把"6"改成了"8"。16岁的春草就变成了18岁的春草。两年来,春草先后跳了四次槽,姐妹们也就渐渐分散在各个厂家了,春草最后才进了"野狼谷"。

"野狼谷"其实是个喊吧,坐落在城市里最繁华的路段。走

进"野狼谷",光线暗了下来,城市的喧闹与躁动就被关在门外了。走进里间,忽明忽暗的灯光下,两旁修竹成林,林中怪石突兀,石间飞瀑湍湍,现代的声光效果制造成的野狼的嚎叫间或传来,让人感觉像是走进了幽林中。

春草工作的地方,是在"野狼谷"左侧的一个雅间,雅间是个供客人小憩的地方。春草的工作,不外乎端茶、倒水、迎送客人。待遇倒是不薄,但有个姐妹撇着嘴巴,说:"那种地方,脏!"春草自有想法,脏不脏看的是个人,春草太需要一笔钱了。春草也乐得清闲,有时还可以把书上的内容在脑子里再过一遍。来这里的客人,大多是城市里的白领,他们喜欢把自己装在文明的套子里,看起来一个个温文尔雅的,春草想不出他们在喊吧里是怎样的。

一系列的服务,春草现在已经能做到娴熟自然,滴水不漏。白天客人少的时候,春草会和守门的"野人"说几句话。"野人"的工作,相当于保安,只不过他还兼职干点别的,比如客人进来的时候,手舞足蹈地学着野人叫,做欢呼状,用"野人"的方式表达欢迎之意。"野人"的装扮有点滑稽:腰间围着棕榈裙,脚蹬草鞋,头戴草环,那样子叫人忍俊不禁。春草看着"野人"这身打扮,抿着嘴笑。"野人"朝春草打一个响指,他们常常用无声的方式,进行简短的交流。

一次,一个客人突然就捏着春草的手不放。春草拼命地挣扎,客人的手变成了野兽的爪子,深深掐进春草的肉里。春草尖利地叫起来:"啊——"这一喊叫,立即引来了几个人,围着春草看。

主管的眼里满是责备,似乎春草做了什么见不得人的事情。主管严厉的眼光刀剑一样刺在春草的脸上:"看你不经事,饶了你,还不快向客人道歉?"

春草不知道为什么要道歉。

主管说:"没有这么多的为什么,连这点规矩都不懂,不配在这里待。"

春草已经打定主意,明天就辞职,离开这里。金老师说,槐树下的教室里,有个位置一直是为她而留的。读书的梦一直萦绕在春草的心里,此时变得无比清晰。

春草还是紧紧地咬着嘴唇,一言不发。

"道歉,还是不道歉?"主管一挥手,立刻就有几个保安围上来,站在她的左右。

"不!该道歉的不是我,是他!太不讲理了!"春草头一扬。

"哼哼!……"主管尖酸的笑声,比哭声还难听,"回你老家讲理去吧!"

春草打开工作台的抽屉,把里面的东西一件件清理出来。

"等着瞧,没完!"那个客人甩下一句话,扬长而去。

"哗啦",春草工作台上的东西顷刻间被主管翻倒在地。那两本书,带着主管的气急败坏,飞到玻璃窗上,书页散落一地。

"我的书!"春草飞扑到窗前。

"野人"也冲过去,一把抱住春草:"小妹,不要!……"更多的人涌到了春草的身旁。

春草突然意识到什么,很想笑。她想,怎么会呢?心中的铃声无时无刻不在召唤着她。她蹲下来,很多的人也蹲下来,一页一页地捡起散落的书页。春草用衣袖掸去灰尘,摩挲着上面的字。她目光坚毅,神情凛然。

那一刻,春草的周围变得很安静,静得仿佛能听见槐花漫天飞舞的声音呢。

黄昏之痛

阳光不觉已经挪移了脚步,从西窗爬进来了。

麻老师心里的火噌噌地蹿上来,杜子鸣啊杜子鸣,说好了劳动节要补作业,半节课都过去了,鬼影都不见一个!

麻老师做了大半辈子的老师,哪路角色的学生没交过手?可像杜子鸣这样的学生,还真是百年不遇。现在的学生,越来越搞不懂他们了。

一想到杜子鸣,麻老师的眉头就不由地拧成麻花。杜子鸣本质不坏,但油腔滑调,懒得出奇。每次作业,能逃就逃,麻老师好话坏话说尽,他就是刀枪不入,我行我素。

"报告!"派去找杜子鸣的两个学生,像挟持人质一样架着杜子鸣来到办公室。杜子鸣跌跌撞撞进来,一副上气不接下气的样子。

"进来!"麻老师抬了抬眼睛,也懒得批评了,补作业要紧。明天学校就要检查学生作业,虽说自己的退休报告也快批下来了,麻老师可不想在这节骨眼上出什么问题。认真都认真大半辈子了,也不差这两天,就认真到底吧。

偏偏杜子鸣一副满不在乎的样子。麻老师把作业摆到杜子鸣的面前,说,写!今天不写明天写,明天不写后天写,总之你躲过了初一躲不过十五,一样都得写!

杜子鸣抓了一会儿头发,慢腾腾地拿起笔,刚写了两个字,就放下,他嬉皮笑脸地说:"老师啊,放我一马算了吧。"

麻老师虎着脸说:"少来这一套!"

"反正这学期我又不在这里考试,不拖班里的后腿。"杜子鸣嘟囔着说。

这种态度,让麻老师不舒服——杜子鸣就这德行。

杜子鸣的爸爸在美国开了一家什么公司,早听说要带他去国外读书。杜子鸣的心早就飞到国外去了。

这时小刘老师捧着课本进来了,看见麻老师旁边站着的杜子鸣,打趣道:"杜子鸣,怎么还没有出国啊?你要是出国了办公室可就少了一个忠诚的卫兵了。"

杜子鸣一听到"出国",像被注入了兴奋剂一样,浑身来了劲,一边写着作业一边和小刘老师有一句没一句地搭着话。

麻老师实在听不下去,正色道:"杜子鸣啊杜子鸣,就你那点底子!记得出了国门别说你是中国人。"

杜子鸣觍着脸说:"干吗不能说,我杜子鸣跳进太平洋泡白皮肤也还是炎黄子孙。"

杜子鸣吊儿郎当的话招来一片笑声。原来还在埋头苦干的几个年轻老师,都嘻嘻哈哈地说笑开了。有人说:"考个十几分,你就不怕给中国人丢脸?"

杜子鸣听出话里的调侃,索性毫无顾忌地打开话匣,说:"我哥比我差远了,数学才考几分,到了美国那边,都可以当老师了,我哥说人家的课本超容易,学半天,玩半天。我到那边,当教授都没问题。"

办公室一下子成了聊天室,听着他们热火朝天地调侃,麻老师便黑着脸对杜子鸣说:"废话不讲,给我写作业!"

几个老师都很知趣,不作声了。杜子鸣刚才还眉飞色舞,意

犹未尽,见没有人搭腔,只好又拿起了笔——下课铃这时候响了。

麻老师收拾着桌面,眼睛落到那份退休报告上,心里不知怎么的一软,想,还较什么劲儿呀。

窗口趴着一帮班上的学生,他们正巴巴地等着麻老师布置家庭作业呢。麻老师朝他们挥挥手,说:"排队放学,今天不布置家庭作业了。"

"耶!"学生们尖叫起来,像小鸟一样,兴奋地飞跑了。

自己偶尔的不认真,却换得他们如此的快乐!

麻老师怔怔地看着窗外,心中忽然有一种说不清道不明的痛……

逃离黄昏

洁白的病房里死一般的静。

护士拔掉了二奎身上的所有管子。医生摇头,对着走廊上或站或坐的人说:"没办法,我们已经尽力了。"

我真想对他们说:"不,二奎还没有死。"但我说不出话来,我只是一个轻若空气的灵魂。

那一刻,我听到一阵撕心裂肺的哭声,那是红梅的声音。我听得真切,红梅的哭声是真心实意的。

红梅的肚子里,怀着二奎的孩子。

想到孩子,二奎的心颤颤的,两颗浑浊的泪滚过心头,但二奎的泪水流不出来。

"红梅,别过于伤心,孩子需要你坚强。"二奎想张嘴,这是他最想对红梅说的话。但他已经说不出话来了——他的心跳停止了。但我敢说,他还有一些微弱的意识,只有我这个灵魂才能感知到。

红梅扑过去,撕扯着被单和二奎的衣服。

"让她出去静一静吧。"医生说。

红梅被人搀扶着出去了。

说起来,二奎对不住红梅。

那时候,二奎把心肝都掏给红梅了,他死心塌地地爱着这个女人。而红梅的态度很不明朗,忽冷忽热的。红梅的家人都反对她和二奎来往,嫌他家只有一间土坯房。

那一次,在红叶坡上,二奎对红梅说:"你给我时间,等着瞧,我要让你住上村子里最敞亮的房子。"

红梅的脸,杜鹃花一样红扑扑的。二奎突然把红梅抱起来……

生米被二奎煮成了熟饭,红梅嫁过来的时候,肚子已经显山露水了。

新婚后没有多久,二奎就收拾行装,进了矿区。

二奎在矿上干最重的活儿。他想,不出几年,他二奎就让红梅,还有孩子住上粉刷过的平顶楼。

挖矿的日子是没有白天的。早上一进到矿道里面,脚下就黑了,只有头顶上的矿帽灯,发出鬼火一样暗淡的光。二奎天没有亮就进矿道,出来的时候,日头已经斜在龙须河上了。

二奎喜欢在龙须河桥头上待那么一阵子。在矿井里干一整天,能看见日头,心里就觉得亮堂。

桥头几个光屁股的孩子在戏水。他们从桥头跳下去,像鸭子

似的在水里扑腾。二奎看着他们,心里也活泛起来。在家乡的河里,二奎能像鱼一样在水里游来游去。二奎不觉已经脱下脏兮兮的工作服,从桥头往水里跳。二奎忘记了,他不熟悉这里的水情,他的脑袋撞到了一块暗石上,孩子们惊呼着叫人去了……

死人的事是最麻烦的。矿主一听说死了人,就摔电话了。后来看着连夜整出来的材料,矿主就转怒为喜了:"干得好!外面正风传我们瞒报矿难死人的事。二奎死得及时。我们矿工不是矿难死的,是见义勇为死的。二奎勇救孩子那事,得好好宣传,还要按最优惠的政策办后事!"于是,那个被瞒报的死难矿工的名字,就被二奎不露痕迹地代替了。

二奎的眼皮子似乎想挣扎一下。他想说,当时只想把这一身疲劳洗一洗,根本没有救人那事。

二奎的眼皮子变僵了,再也睁不开。他最后的意识,也像被水浇灭的余烬一样,死了。

我就像一缕轻烟,轻轻地飞出了二奎的身体。

飞过 K 市上空时,我在那里停留了一下。我冷冷地看着下面的热闹:秦二奎同志先进事迹报告会正在召开。二奎的材料上报和宣传后,产生了效应。作为二奎的灵魂,对二奎死后突然升级为先进的事,我感到莫名其妙。

二奎肯定也是一无所知,我和二奎分离后不久,他就被隆重地送进焚化炉了。

红梅坐在家属代表席上。当她从领导的手中接过两万块奖金的时候,我看见她的眼角流出了泪水。

黄昏时分,红梅走在通往医院的路上。路灯把她的脸照得惨白,她走得很慢,我真担心她的身体啊。

红梅坐在医院引产手术科门口时,我什么都明白了……孩子,二奎的孩子!

可我什么也不能说,什么也不能做,我只是一个轻若空气的游魂。

唯有读书高

大舅呷了一口酒,脸越发地红亮。大舅朝我挥手:"外侄,你过来,听你大舅说几句。"

我翻了大舅一眼,头一扭,朝门外走去。身后传来大舅亢奋而含混的声音:"说你来着,读书要舍得下狠劲。万般皆下品……你大舅的话……没错!"

"万般皆下品,唯有读书高。"这是大舅不知从哪里捡来的陈词滥调,他很是为自己懂得这么一句古训而得意,喝酒喝高了,就拿出来唠叨。

我还用得着他唠叨?那时我刚代表中心校到县里参加数学竞赛,还获了个大奖,心气正高着呢。

我爬到门前的大石头上,看着鹰山一口一口地把落日吞了。我在心里说,快让大舅滚回他山里的老家去吧!他一个"三只手"的,凭什么坐在我家里胡吃海喝,还说教!

在我们城关镇大街上,没有谁不知道我的"三只手"大舅。城关镇每逢三、六、九赶集的日子,热闹的街上,大舅往那儿一站,熟人立刻如见瘟神一样地躲开,用提防的眼神盯着他,说:"小心,有三只手。"大舅居然还冲着人家嘿嘿笑!

大舅在城关镇是待不下去了,他像一个谜一样,说不见就不见了。

不久,我们家接到大舅托人带来的口信,说他在广东的一家鞋厂做鞋子,有吃有住,还有工资拿。

我娘拽着托口信的那人问长问短,还想问出有关大舅的一些细枝末节的东西来。那人说:"老姐你放心吧,再干两三年,说不准他就能发家了。"

我娘乐颠颠地给那人抓了一把地瓜干,口里连连说着感激的话。

然而,大舅再次出现在城关镇街头的时候,只靠一条腿走路,另一条腿短出一截,空出半个裤管,走起路来裤管在身后一飘一飘的。他的那件已辨不出颜色的汗衫斑斑驳驳的,从背后一看,像一幅世界地图。

娘心疼得只会咂嘴,却不知道说什么话。她翻出我爹的旧衣服,给大舅换上。

大舅垂着头,一句话不吭,只是一盅一盅地喝酒,仿佛他喝的不是酒,是白开水。当晚大舅喝了个酩酊大醉。

很快就到年关了,从广东回来过年的人,陆续带回了大舅在那边的一些消息。大舅的斑斑劣迹很快随着各家的炊烟散开,变成了人们的笑谈。

原来,大舅进了一家鞋厂,做的是车工。好景没有几个月,那家鞋厂开始不按时发工资。大舅他们去讨,结果被老板当场除名。

当晚,大舅和一个小工串通一起去"拿工资",他们爬进工厂的库房里,扛走了几箱鞋子。他们把箱子往围墙外搬的时候,被保安发现了。两人丢下东西死命跑,大舅还是被打了,一条腿就是这样被打残的。

第二天,大舅呷了一盅酒后又一瘸一拐地出门了。他从我家出去以后,又是谜一样地失踪了。

首先发现大舅的是我娘。我娘顺着山路捡柴火,突然就撞见了大舅,他蜷着身子,躺在一块大石头下面,面色已辨不太清,身上爬满了虫蚁。我娘一眼就认出了他从我家穿出去的那身衣服……

送大舅上山的那天,晴朗朗的天竟然下了一阵雨。

我娘抹着眼泪,喃喃道:"天都下雨了呢。"按我们这里的习俗,好人离去,天地动容才会下雨。

我说:"娘!"

娘眼睛红红的,说:"他是个贼不错,但每次来我们家,都会给你留下一块两块几毛的钱,我不收,他就放在门口石凳上。"

"我?他干吗要给我留钱?"

"你读书行,他就格外看高你。"

"我读书行不行和大舅有什么关系呢?"我似乎从没给过大舅什么好脸色,"这么说我读书还用过大舅偷来的不干净的钱?"

娘用眼睛狠狠地剜着我,说:"不许你这么说!如果当初他能像你一样地一直念书……唉,你不懂,他小的时候比谁都机灵,眼巴巴地闹着要读书,硬是被拽着回家当劳力用了,后来又贪上了酒,他的一辈子算是给误了。"

我的心里忽然翻腾起来,如下雨一般,稀里哗啦的。

荒 村

奔爷坐在门口的凉台上,枝梢上的日光懒洋洋地照下来。空坐着,手脚显得不自在,奔爷用手挡住额头,看日头还高,浑身燥热,很难受,长刺一样的难受。

儿媳妇桂花甜糯米一样的声音,穿过强盗花丛,飘了过来:"阿公,文化他们该放学了吧,到路口看看去。"

文化是奔爷的孙子,上一年级了,在屯外的中心小学读书。出了屯,往镇南和镇北的途中各有一个学校,桂花在两个学校间走了几个来回,了解到镇北的学校有校车接送,会每天把学生送到路口。桂花就认定镇北的学校有质量,交了500块钱的择校费,把文化送进镇北的学校了。学校每天放学后把文化他们送到三岔路口,奔爷就到路口边等着接孙子。这也是奔爷每天的工作了,奔爷是乐此不疲的——接文化也就是走几步路的事,能费多大的气力呢?手脚还是闲得慌。

奔爷又和日头打了个照面,还早着,他起身伸了个懒腰,却不晓得接下来得找点什么事做了。忙碌了一辈子的奔爷,少一天不干活心里头就不舒坦,没着没落的。

听了桂花叮嘱的话,奔爷"嗯呀"一声,算是应答。

土地被征用,赔偿款下来后,桂花就变得忙碌起来了。一帮男男女女,整天就在麻将桌这块田地上没日没夜地劳作。麻将馆设在对门的邻居家,邻居家和奔爷家只隔着一道矮矮的强盗花墙,洗麻将唰啦唰啦的声音,爆豆子一样从早响到晚。

强盗花是一种烂生烂长的花,过去在田间地头都有,疯疯地长得旺盛,像强盗一样把庄稼的肥料吸了。田里地里,是容不得长强盗花的,人们一见就除掉,可这种花就是强盗的本性,疯疯地又把地头田间给占了。屯子搬迁到新公路边上后,家家户户门前屋后都相继种起了强盗花。强盗花长得旺盛,每家都拦起一道绿墙,变得单门独户的,以往爱串门的奔爷也懒得出门了。

强盗花丛底下的一截草绳,蓦地进入了奔爷的眼里。奔爷弯腰,捡起那截草绳,扎在腰间。扎上绳子,奔爷身上忽地生出了一股子劲。奔爷进了门,摸出弯刀,插在腰间的草绳上。嘿,这么一收拾,奔爷觉得从头到脚都得劲,精气神儿都给抖出来了。

奔爷背上背篓,刚出门,桂花的声音就跟着过来了:"阿公还要去拾柴火?都说没有哪家用柴火了,就我们家,柴火堆得满院子都是。"

媳妇桂花看见阿公去接文化还背着个背篓,心里不痛快,仿佛有个结,声音不再是甜糯米了,变成了芒草。

也是,现在家家都像城里人家一样,用上煤气罐了。奔爷拾的柴火,快堆成小山了。桂花看着小山就来气,说是占地,还脏了院子。

奔爷把背篓放下,看天色还早着,返身又把背篓背上了。柴火不拾了,总得找些活路干吧,奔爷想起了养在楼顶的几只安哥拉兔,草料倒是足够的,怕是不新鲜了。

奔爷的手触到弯刀柄的时候,浑身的热血奔涌上来了。奔爷的眼前仿佛出现了金黄的秋波,他挥舞着弯刀,咔嚓、咔嚓,稻谷在刀刃下痛快淋漓地地欢唱着,整个田野寂静得只有弯刀唱歌的声音。那是一种怎样的热血沸腾啊!

奔爷不由得弯下腰,咔嚓、咔嚓,抓着草把子割起来,弯刀划过,草倒伏了一大片。奔爷的心里,多久没有这么爽利痛快了。

背篓上的草,满成一座小山了。

奔爷直起腰,脑子里忽然闪过文化的影子。

"文化!"奔爷的心里打了一个激灵。今天一时兴起,草割多了,倒把接文化的事情忘在脑后了!

公路开通后,屯里变得跟城里一样乱糟糟了,四里八乡不时传闻有孩子走失的事情。奔爷不由得加紧了脚步。

奔爷紧赶慢赶,赶到三岔路口,却不见文化他们了。泥头车在路上来来往往,奔爷的腿脚软下来了,嘴里哈着热气,额头却有冷气冒上来,一摸,全是冷汗。奔爷一路走,一路焦急地喊:"文化,文化!"

哪里有文化的影子?

暮色像锅盖一样罩下来了,屯子里该是炊烟四起的时候了。奔爷看看村子,被强盗花层层包围的村庄,像团黑云似的,却不见炊烟——自打用起了煤气罐,屋顶的炊烟就没了踪迹了!

不远处的山脚下倒是腾起了几股烟气,奔爷再细看,可不是嘛,文化他们几个正忙着搬柴火烧野火玩呢。烟气被山风扯得七零八落的,文化们仰望着天空,拍着手,叫道:"看哟!我的烟和你的烟打架喽,烟打架喽!"

多久没见到暖暖的炊烟了。奔爷不觉走过去,孩子般痴痴地看着袅袅升腾的烟气,眼睛一热,眼前顿时变得模糊起来了。

墙

我的婶娘于水榕对我叔叔梁文章的憎恨,是从那根老鼠尾巴似的辫子开始的。

说起来,你叔叔原先也是人模人样的。婶娘说。

也是的,要不,黄泥村的人尖儿,白天鹅一样骄傲的于水榕,怎么会跟我叔叔好呢。

梁文章还在城关镇中学当代课老师的时候,白衫外扎着蓝黑海军裤,一身挺拔,挺神气!摇着自行车铃的叔叔从稻田旁边的泥道上不急不缓地骑过,招来多少欣羡的目光:"哟,梁老师,放学回来了哟!"

梁文章风光的日子没有多久,就从代课老师的位子上刷下来了。梁文章在学校里不务正业,一个语文老师,不好好教语文,成天把自己关在屋子里画画,结果学校的中考语文考了个全县倒数第一,学校哪还敢留用?

梁文章驮着两个木箱回到家,婶娘哗啦倒翻箱子,两大堆的画纸和颜料。

于水榕从叔叔的老鼠尾巴样的辫子上看到了颓废和变质:"梁文章,你是人是鬼?是男是女?赶紧把你的老鼠尾巴一刀剪了!往后挑大粪,你拖着个尾巴,能扛得起扁担?"

梁文章剪掉了尾巴,理了个大光头,但在学校里养成的一些癖好却没改。

中午，蝉在院子里的黄皮树上知了知了地呼喊歌唱，梁文章在树下的长条凳上呼呼大睡。

于水榕从后院进来，家里锅台灶台还是冷的，前院树下一阵呼噜声。于水榕的扁担飞到树下，骂声在院子里回响："呀！梁文章你还在午睡？我都挑两担谷子了你还睡？梁文章，你以为你还能盘手盘脚坐在屋檐底下做老师啊？告诉你，你连根葱都不是！你跟我挑大粪干活去！"

梁文章迷迷糊糊地翻了个身，一瓢水泼在了他身上："叫你睡，叫你睡！有本事你到镇上当干部再睡。"

黄泥村人都没有午睡的习惯，觉得午睡是当干部的权力。梁文章午睡醒来，一般到龙须河那边去闲逛，有时也画一两幅画，画几只鸭子，一丛芦苇什么的。

没有谁看好梁文章的画。偏偏梁文章的一幅什么画获奖了，是大奖——不是大奖县里会招梁文章进文化馆？据说还配了单独的一间画室。

于水榕在给叔叔收拾行装的时候，细心地关照了叔叔的光头："顶个大光头进城，要多难看有多难看，养头发呗。"

此后没多久，婶娘从县城卖菜回来，一脸的杀气："你个奶奶！画什么不画，专画女人的屁股！"梁文章在画室里画模特，被闯进来的婶娘逮了个正着。

回到家，梁文章耐心静气地给婶娘做工作："这是需要，这么说吧，没泥土，种不出稻子来；没有模特，凭空画不出活的画。"

于水榕唰啦撕开衣服，光着上身，顶着两个白馒头晃到梁文章的跟前，说："你画得别的女人，就画不得我？"

梁文章闭上眼，再也不说话了。

黄泥村的人警告婶娘："你看管好梁文章，他煮熟的鸭子插了筷,到了谁的盘子谁吃。"

梁文章每个月的工资都如数上交,于水榕是有足够的底气的:"他敢！地位变了就能当陈世美？现在什么年代？我告都要告死他！"

自那以后,梁文章每天早出晚归,早上骑着自行车从黄泥村出去,傍晚回到家里睡觉。梁文章在一次下坡时连人带自行车拐到了河里,没能救上来。

梁文章的画,听说有人专门收藏,价格不断翻升。于水榕翻遍了家里的旮旯角落,一幅画都没有,开了梁文章的那间小画室的门,里面是空的,干净得像水洗过一样。

于水榕的话里带着悲愤,我早就料到了的,我早就料到了的。

来料理后事的人看到,梁文章和我婶娘的睡房里,隔着一道布帘。布帘是白色的画布做的,画布上什么都没有,一片死白。

走不出的苞谷地

土根看到了自家的那片地。

这块地,记着土根和老婆子一起熬过来的日日月月呢。

那时候家里过得苦,一家人怎么都吃不饱。老婆子用脚步一步一步丈量了自留地,发现自己家的自留地比别家少了一厘。于是,老婆子的骂声在队长的门口叫响,队长点头同意土根家辟出了路边的这块荒地。老婆子呼喝老牛一样呼喝土根没日没夜地开垦,种上了苞谷。后来,苞谷绿了,苞谷黄了,粮荒成了过去。

再后来包产到户,这块地,顺理成章地分给了土根家。

那时候是苞谷成熟的季节,苞谷饱鼓鼓的,多喜人眼。

那时候老婆子多么能耐啊,能骂能笑,在地里干活,嘿,能顶头壮牛。但人的日月就如同天上的日头,眼看着刚刚还热火火的,转眼就变得稀黄了。

几天前,老婆子病倒了,镇上的医生看了,摇头,转身对蹲在门口的土根说,带回去好吃好喝地侍候,没多少时日了。

回到家,土根每天早晚都坐在老婆子的床边。

在床上躺了几日,老婆子瘦得变了形。

早上,老婆子的精神似乎好了许多。老婆子对土根努嘴,冒出了一句清醒的话:"土根……"

"嗯。"

老婆子睁着眼又不说话了,眼里分明带着亮光。土根晓得,是得给老婆子备暖棺的物品了。黄泥村一带有暖棺的习俗,暖棺的物品是瓦片和苞谷,带穗的苞谷为上等好。瓦片代表房子,苞谷代表土地。看到瓦片和苞谷,要死去的人就得安生了。

土根晓得老婆子要看到这两样东西才安心呢。

瓦片有现成的。土根得赶紧摘苞谷去。

像一头走熟老路的老牛,土根走着走着就走到自家的地旁了。

眼前,是油绿绿的一片烟叶。

"该死!"土根在心里骂了自己一句。刚才只想着心事,忘了路边的这片地早被规划出去了。上面来的人在村里开了会,说什么要统一种经济作物。土根地里的苞谷出了苗,被强制执行,全给铲平了,被种上了烟叶。

烟叶算什么屁经济作物!不过是人家的面子工程。割了烟叶,土根他们把烟叶烤干了,全都卖不出去。后来他们索性都不割了,让烟叶烂在地里头。

苞谷才是粮食啊!看到烟叶,想到自己好好的地给糟蹋了,土根心里就不舒坦。

土根想到老邻居青山那块地里还种着苞谷。那块地在村外,偏僻,没有被规划出去,跟着季节种下了苞谷。青山在砍苞谷秆子。

"早呢,土根,今天抽烟了没?"青山停下手里的活,跟土根打招呼。黄泥村的人都知道这是句玩笑话,先前大家见面,喜欢用"吃饭了没"来互相招呼。烟叶堆在地里头,大家看着都发愁,都苦笑着用"抽烟了没"来互相问候取乐。

要是往日,土根会报以一笑,和对方开上一两句玩笑话,夸大地说今天又炖了一锅烟叶,海吃了三大碗。

土根没有心情。土根说:"要跟你借两棒苞谷,家里的老婆子要用呢。"

"什么借不借的,黄泥村土地长出来的,我家的你家的一个样。"青山听懂了土根的话,说道。青山早知道土根家里有重病人,没想到这么快就到了摘苞谷暖棺的时候。青山举刀咔擦斩断了一根苞谷秆,说:"多摘几棒吧,这块地,不久也要被征出去了,听说没?铜矿的矿厂要选建在这。苞谷还没长饱,上面都下令砍青了呢。"

土根跟青山要了两棒苞谷。

走在路上,土根心中有些苍凉,脚下仿佛踩在一片雾气里,脚步轻飘飘的,有些零乱。

家里,老婆子的床边围了不少人。土根心头一紧,知道要到的时刻还是到了。

儿子小声说："爹，娘还在睁眼等着——你咋出去这么久？到街上买苞谷的人早就回来了。"

"买的？那能一样吗？"土根瞪眼道，朝着儿子低喝。

土根蹲在木床前。老婆子微微侧过脸，已不能说话。土根看到她目光里最后的暖意，落在了自己手里那还带着紫红穗子的苞谷上。

腊月风波

腊月底，外出打工的人相继回来了，各家各户也相继宰了猪，肉香在空气里弥漫开，小村里，年的味道浓了。

在桂香的翘首期盼中，春生从工地上回来了。春生到家头一件事就是要看桂香养的年猪有多大，还说："明天，我们家也杀上年猪了。"

"饿死鬼转世，看你火急火燎的样儿，在城里没吃过猪肉？"桂香噗地笑了。

春生说："城里的猪肉，那不叫猪肉，是饲料喂大的。咱自家的猪肉，媳妇亲手摸着喂养大的，那叫绿色食品，不一样。"

两人分隔了大半年，春生的一两句话就把桂香的心里说得暖融融的。

第二天，春生就招呼人把桂香喂了一年的大肥猪宰了。

桂香和春生看着两大扇猪肉，喜上心头，愁又上眉头，过去穷苦的年份，宰猪是为了卖钱，如今，有钱都要买肉，谁还卖肉？再说,自家养的猪,绿色食品呢。

做腊肉呗,桂香让春生剔骨头,自己亲自动手把肉切长条,用盐巴腌了三天三夜。

年前难得太阳露了个小脸,桂香把腊肉都用竹条串上了,挂晒出去,满满当当地挂了两竹竿。

腊月的阳光,金子一样金贵。才晒了两三天的太阳,腊肉都呈现了透明的淡黄,滴答滴答地往地上滴油,看着都喜人眼。

早上,桂香拿了张草凳,从屋里出来,屁股还没挨着草凳,眼光便直了。晾晒出去的腊肉,原先挂满竹竿的,如今挨墙的竹竿横生生空出了一截。

短命鬼的,顺手就把腊肉给收去了几挂!桂香的眼睛,越过墙,她眼前闪过了一双眼,那是马寡妇的眼,一双钩子一样的眼睛。

桂香家和马寡妇的家,只隔着一堵不高的石墙。马寡妇的钩子眼睛,能伸长,不安分地从墙头上越过,虎视眈眈地探视着桂香家的院子。

记得春上时分,桂香挨着墙角种下佛手瓜。佛手瓜顺着墙攀上了墙头,把瓜结到马寡妇那头去了。

马寡妇从墙上伸出一个头,说:"哎,你家的瓜,偷偷挂到我家这边来了,你不摘,我摘了啊。"

马寡妇是对春生"哎"的,那时春生还没出去打工,正在院子里拉大锯。马寡妇就越过墙"哎"过来了。这一"哎"让端着簸箕出来的桂香逮了个正着。桂香一眼斜过去,看到了马寡妇那双钩子一样的眼睛,那眼睛,哪里是在看瓜,分明是顺着七扭八弯的瓜藤爬过来,爬在春生鼓起的臂膀上。

桂香想起钩子一样的眼睛,就想到这钩子伸长,一钩,一钩,

就把腊肉钩到墙那边去了。

"天杀的背时鬼,收了别人的腊肉,也不怕吃了肚里长蛆!"桂香嘹亮的骂声,响在院子里,飞过墙,一下就招来了看热闹的。

有人说:"这年头大家都吃饱肚,谁还乱收别人家的腊肉?"

"谁收谁肚里晓得!"桂香斜眼看墙,声音提高了几度,就怕马寡妇听不到。

桂香骂了半个时辰,看热闹的渐渐散去,马寡妇院子那边,倒是风平浪静的,桂香也渐渐失去了斗志。

桂香收起草凳,正要回屋里去。门开了,进来的是春生,春生的手里,提着几个粽子。

春生把粽子放在桌子上,说:"刚才给老妈那边送了几挂腊肉,老妈又叫我拿几个粽子回来。"

一席话,说得桂香拨开云雾见青天,心里直骂:"好个春生,就你积极,也不跟我通个气!害得……"想到一年才见春生几面,哪里舍得骂出口?

春生又说:"冬生的事,妈说想在年前就办了。"

"冬生的事?什么事?"桂香又犯迷糊了。冬生是春生最小的弟弟,平日里吊儿郎当的,今年不知怎么的,变安分了,桂香也就少过问了。

春生说:"冬生和马寡妇好上了,明天就要去领证。老妈思想也开放了,没反对,说人学好就成。这个年,马寡妇就跟我们家一起过了。"

啊?桂香一时怔住了。

第二天,桂香摘下几挂腊肉,包好,敲开了马寡妇的家门……

老房子

张老爹正躺在懒人椅上眯着眼养神,村主任王一民进来了:"吃饭了没?"

张老爹"嗯"一声,表示吃过了。王一民这是"三顾茅庐"了,他来的用意是司马昭之心——路人皆知。

村里在搞美丽乡村,王一民这几天都围着村子转。

转到张家的老房子前,王一民转进屋子里来:"这老屋,有年头了吧?"

张老爹开始还不明白王一民的用意,随口回答道:"是哦,三儿子穿开裆裤那时候建的。"

王一民用手抠了抠墙皮,说:"这老房子,也该退休了。你们家三层的大新房,一家子都住不满。"

张老爹笑了:"咯咯,咱农民不讲退休。"

王一民把抠出来的墙皮塞回墙缝里,说:"如今煮饭都用液化气,气没了随时接电,柴火不用烧了,耕地也用机器代替牛了。这老屋,梁子都歪了,留着是留个危险呢。眼下,县里在搞美丽乡村……"

张老爹听明白了,王一民弯弯绕绕说了一大通,原来是要张家扒掉老房子。

张老爹从牙缝里挤出一句话:"要扒掉老房子?没门!"

三个儿子两个女儿,一个个都在老房子里出生,在这里蹦跶

着长大。如今儿女全在外头,打工的打工,工作的工作,可怜老伴没享过一天福,撒手去后山了。老伴就在这老房子里过完最后一段日子的。

儿子建新房那时,出过扒老房子的主意,被张老爹一通呵斥:"老房子留着,放锄头,放柴草,我死要死这里呢!"这老房子见证了张老爹的大半生。张老爹自小没爹没娘,吃百家饭长大的,刚成家时家里穷苦得像被水洗过一样,盖房子那些年,几个儿女,都是能吃的嘴,张老爹白天干活,晚上捕鱼,熬得一只眼睛都瞎了。医生说是劳累过度,视网膜脱落,那只眼睛,最后也没舍得花钱治,只能听任它瞎了。

想到这些,张老爹觉得这房子是连着自己的血肉筋脉的,谁也别想动它一个指头!

王一民第二次来,被张老爹轰走了。这年头,兴反腐了,大家腰包鼓了,你村主任牛气,大家也都牛气。我的老屋,我说扒才能扒,你村主任说话不顶用。

王一民这次来,绝口不提扒房子的事,只聊一些咸咸淡淡的话,聊聊儿子的事,就返身回去了。

张老爹搞不清王一民葫芦里到底卖什么药,心一横,不扒。

在县城里工作的三儿子大为回来了。

那晚上恰恰下了暴雨,弄得张老爹一夜没睡好。

第二天一早,张老爹刚起来就到老房子那里去查看。这一看吓得不轻,好好的四面墙,只剩下三面半了。老房子歪在新房子的旁边,像只剩一口气的病牛。

三儿子在倒塌的墙边上扒拉,扒出了一头猪,是一头架子猪,都断气了。

"谁家的猪,半夜三更地跑来找死!"话虽这么说,张老爹的心里还是惴惴不安。村里人杀猪,不舍得杀架子猪,因为架子猪长得快,转眼间就变成肉猪了。

是谁的猪,按理都得赔。说话间,村主任踱着方步过来了:"哟,这不是我家的猪么?"

张老爹以为儿子会站在自己一边说话,没想到儿子开口就说吓人的话:"爸,这老房子,留着不光没用处,怕还招来祸害呢,要是有一天,砸着了人,吃不了兜着走。"

"扒吧。"张老爹说着,头也不回地走了。

这边,王一民眨眨眼笑了:"为了说服你老爹,咱不得不用苦肉计了,可怜我家那只架子猪,健康活蹦着呢,净了毛都是好肉,今晚到我那里吃烤乳猪!"

张大为也笑了。

同住山脚下

许大东在楼顶的平台上晒谷子,抬眼忽见后山脚下腾起一股黑烟。

"啊?"许大东对老婆春凤道,"那里是不是着火了?"

"着火了?哪里着火了?"春凤停下手里的晒耙,直起了腰。

说话间,黑烟变得更粗了,扭着身子往上蹿。

"你看挨着后山脚的那边,火越烧越大了。"

"午后村里没有几个人在家,怕是还没人看见呢。快,快喊人救火去!"春凤急匆匆地说。

"你着急啥?"许大东说道,"看清楚了再说。"

"这还用看吗?救火救急!"春凤说。说话间,火苗已经有屋顶那么高了,黑蘑菇眨眼间变成了红云团,火势越来越大了。

"老婆子,你看那不是外地佬的石棉瓦房吗?"许大东说。

提到外地佬,春凤的嘴里不由得冷哼一声。站起来的许大东又坐下了。

后山脚下原先是一片荒山地,杂草丛生。一想到那片荒地,许大东就气不打一处来。为吗?原来,许大东的儿子小武曾想租下那片地。许大东还为此带了两条红梅烟去村主任家,村主任瞥了红梅烟一眼,开口就回绝了。红梅呢,自然也被村主任原封不动地塞回来——人家嫌少了不是?

到后来,一个外地佬把这地租下了,听说每亩租金才四百块。许大东找到村主任理论:"先前我们出每亩五百块你不租,偏偏要租给一个外地人,还出了这么一个让利的价,这不明摆着你村主任的心偏着长么?"村主任听了,把许大东摁到凳子上:"大东啊,你坐下来慢慢讲嘛,你家小武开的是采石场,按政策……"许大东哪里听得进去,"腾"地站起来:"你别废话了,谁知道你收了外地老板多少好处费呢?要不,至于连乡里乡亲的情面都不讲吗?"许大东出了村主任家的门,气得喉咙都快冒烟喷火了。

后来,小武的采石场是开不成了,只能找一份糊口的活儿——帮人看守羊场。看了一年羊场后,小武另起炉灶,自己也养起了羊。开局就不顺,羊场闹瘟疫,小武没日没夜地蹲守在羊场里。秋后家里割稻,小武连瞅都没来瞅一眼,老两口只好早上收割下午晒谷,忙得连擦汗的空当都没有。

那个外地佬把地租下后,荒地变成了果园,发展得蓬蓬勃勃。外地佬在挨着后山脚的地边搭起了一间铁皮屋,就这样进驻村子里了。今年秋后,果子成熟了,外地佬在铁皮屋的旁边搭起了好几间石棉瓦房,有大兴土木的势头。凭啥子让个外地佬坐在咱地盘上发财?咱自己每天一滴汗水摔八瓣地给人家打工?许大东心里的疙瘩,因那块地而生。如今看到那边着了火,心里想,急什么,天要烧它就烧。

许大东见春凤也愣着,忙趁热打铁道:"你也别瞎喊,不知情的,还以为我们眼红人家,故意放了火才喊人救火呢!"

春凤说:"那倒也是,咱当没看见。"说着努了努嘴,叫许大东下楼,回屋后伸手把窗帘拉得严严实实的。

两人正在看着电视,铁门嘭嘭嘭地响了。来的不是别人,正是村主任。村主任满头大汗,说:"快,准备一些衣物和洗漱用品。"

许大东和春凤一头雾水。徐大东说:"干吗?"

村主任抹了一把汗,说道:"小武救火时受了点伤,正往医院送。我过来跟你们说一声。"

"受伤了?"许大东和春凤几乎是异口同声地说。

"别担心,问题应该不大。"村主任安慰道。

在医院里,许大东看到小武,心里酸酸的。春凤抹着眼泪对小武说:"真傻,人家主人都没你拼命,你为了别人家那几间破房,把自己的命都差点搭进去了,值当吗?"

小武哽着声音说:"我这是救羊啊,十几只羊,全都拴在那排石棉瓦房里……"

听小武说到羊,许大东心中一惊:"羊不在羊场的吗?怎么跑到外地佬那里了?"

"前两天才买进了十几只种羊,为了防病交叉感染,要找地方隔离。外地佬说他果园地方宽,刚挂果,那排石棉瓦房也还派

不上用场,主动腾出位置让给我拴羊,谁想到……"

许大东无力地瘫坐在医院冷冰冰的铁板凳上,半天说不出一句话来。

这时,村主任带着外地佬急匆匆进来了。外地佬进来就抱拳道:"不好意思,不好意思,我来晚了。"

一阵嘘寒问暖后,外地佬说:"小武,当时大家都在忙着救火,情况急,忘了告诉你,我把羊全赶到果园里了,你的羊一只都没少。"

"啊?那你的果树,不被羊糟蹋了?"

"没啥,权当成给羊加营养餐了。"

"好吧,营养餐的费用,我照付就是了,呵呵!"

"今天多亏你和乡亲们帮忙,火扑得及时,果园没大碍。"外地佬向小武伸出了手,两双手紧紧地握在了一起。

村主任顺势道:"大家同住在一个山脚下,就是邻居了,邻居好比贝侬(壮语:兄弟),以后有什么都要互相照应才是啊。"

"多谢贝侬,多谢贝侬!"外地佬用夹生的壮话连连道谢。

一席话,说得许大东的脸热热的,像被火烫着了一般。

坭兴陶之梦

儿子瞒着自己把独苗孙子颜陶然送到澳大利亚去了,颜老爷子气得三天不说一句话。

颜家家传做坭兴陶的手艺,传到颜老爷子这辈,算是第五辈了。颜老爷子做梦都想着把颜氏陶器做强。颜家三代单传,儿子虽秉承颜家祖业,经营陶器,但资质平平,仅能算是颜家的一根横梁,撑着颜家产业的顶梁柱,还是颜老爷子。

颜老爷子看着颜陶然长大,看得出这小子也是根顶梁柱,比自己还要粗还要壮的顶梁柱。

颜陶然抓周那天,颜老爷子叫人在檀木桌上摆出了书本、陶笔、陶印章和大粽子。这小子左右开弓,抓的两样东西都带着陶。颜老爷子乐得嘴巴都咧到耳根了。

这小子读书果然狠,年年考第一,一路顺风顺水地考上了大学。也该到孙儿辈继承祖业的时候了,颜老爷子终日盘算着怎么把异地求学的孙子召唤回来,哪知计划没变化快,儿子把颜陶然偷偷送出国了。

颜老爷子三天没说话,但厂里的活儿,还得运转。

颜氏的双料混炼坯兴陶为独门绝技,绝无旁门。这一带制陶的有数家,均以钦江东西两岸的紫红陶土为原料,将东泥封闭存放,西泥取回后经过碎土,按比例混合,制成陶坯。然而可以大言不惭地说,真正做到"东泥软为肉,西泥硬为骨"的独有颜家。颜氏陶器的"骨"里头不仅仅用西泥,骨的合成比例,大有讲究。这讲究,掌握在颜老爷子的眼睛里和脑子里。颜老爷子曾历经数载要把这家传的手艺传授给儿子,可无奈,儿子的兴致,竟不在陶器上,在写写画画这些闲情逸致上,这让颜老爷子大失所望。颜老爷子憋着一股子劲,要把颜陶然调教成器,可眼下,人家远飞国外了。

"陶器是手艺活儿,手艺活儿要用眼看,用心记,用脑算。你一辈子学的那些叽叽歪歪的酸文醋字,顶屁用!你还要让我孙子去学那些蚯蚓文字,唉……"到了第四天,颜老爷子开口了。儿

子倒是好性情,洗耳恭听,随老爷子任意发当爹的威风,仍是天天照旧舞文弄墨,无所事事。

眨眼,颜陶然出国三年了。这三年间,颜老爷子病倒了两回,再从病床上爬起来之后,只能坐轮椅上了。此后,颜老爷子还是坚持亲自配"骨",可脑子没先前那么好使了。结果,颜老爷子配的"骨"不是软了,就是硬了。第三窑陶器烧出来的,仍是次品,厂里积压的产品,堆成小山了。厂子运转不起来,颜老爷子是真正地病倒了。旁人不管说什么,颜老爷子一概不理不睬。

颜陶然站在颜老爷子的床前,颜老爷子还是背过身子去。颜陶然叫了几声"爷",良久,颜老爷子才转过身子,眼角竟湿了,开口道:"我做了一辈子的陶器,结果是作茧自缚,把厂子搞垮了。我对不住老祖宗啊……"父子俩垂立一旁,默默听着老爷子的一番唏嘘。

一个风和日丽的早上,儿子和孙子推着颜老爷子出门了,说是要颜老爷子去参观他们的新园区——陶村。

"新园区?闹什么玩笑,一个厂子说开就能开的?你才来不到一个月的时间吧?"颜老爷子说什么也不相信他们的鬼话。

听孙子介绍,新园区开设在老家。那是颜老爷子祖辈居住的一个古老村落,颜老爷子进城后,很少回村子了。一进到村子,颜老爷子瞠目结舌了,村前竖着巨大的陶瓷做的广告牌:欢迎您到陶村来。再往里,只见路的两旁随意地摆着陶器,墙壁上赫然挂着陶器,房前屋后散漫地摆着陶器,地地道道一个陶村!满目都是陶做的坛坛罐罐:大的,小的;整个儿的,半个儿的;或仰卧,或站立……它们看似散乱但又像是被人排兵布阵一般,变成一幅幅陶瓷立体画了。走进这里,让人感觉走进一个古拙而又粗朴的陶器王国里。

颜陶然宣布陶村展览园开园后,一大拨游客涌了进来,其中还有蓝眼鹰钩鼻子的外国人。

"他们,是你请来的?"颜老爷子问。

"不是的,是互联网请来的。"颜陶然说。

"你来这边干了,那颜氏陶器还要不要做下去?那可是我们颜家祖祖辈辈的手艺啊!"颜老爷子不无担心地说,"我还等着你来继承家业呢。"

"颜氏陶器不但要做,还要做大做强。爷爷,我以后还要跟您学做陶器的'骨'和'肉',那可是您老人家的独门绝技哟。"

"做坭兴陶的,没有哪里比我们钦州本土更好的了。"颜老爷子不无自豪地说,"早知这样,你犯得着不远万里地跑到什么澳大利亚去?"

"在家门口跟您学手艺,到国外去开眼界。"

"开了眼界,还不是要做陶器?"话虽这么说,颜老爷子的脸上满是喜色。

"那不一样,爷爷,厂子不能总沿用老作坊的管理模式。以后,我们可以和其他国家的人合作做坭兴陶的生意。另外,我们的新园区要扩大规模,发展旅游业,带动村里更多的人一起把我们钦州的坭兴陶做成一种文化产业。"颜陶然望着不远处,动情地说,"快看吧,爷爷!"

那成天舞文弄墨不管事的儿子,正带领着一帮人在园区里忙着挂字画呢——儿子摆弄半辈子的字呀画呀,在这里也派上用场了。

"也是,也是,"颜老爷兴奋地说道,"走,带我到咱们的文化古村去看看!"

捕光者

朋友是20世纪80年代的大学毕业生，丢下铁饭碗，办了一个养殖场。在去养殖场的路上，朋友指着青马河对面的山岩洞，给我们讲了一个故事，一个老翁的故事时：

翁七十岁时，眼睛瞎了。这天，翁被抬进柳条筐里。

翁的儿子曦已请人掐算好吉时。

吉时一到，曦他们会把柳条筐抬过青马河，送到对岸的山洞里。

青马河那边山岩上的阳光白亮白亮的。翁什么也看不到，心里变得冷硬，硬成了一块青石板。

跨过这年的门槛，翁就整整满七十了。七十，老了，老而不死是为贼。翁不能做儿孙的贼。

七十要过青马河，是这一带祖辈留下来的习俗。翁还是个小伢子的时候，就听说了这一带的习俗。凡年满七十而没死去的，都被送到青马河对岸的山岩洞里，等着上天来把命收去。翁那时就亲眼看过祖奶奶被人们七手八脚地抬进柳条筐里。之前，祖奶奶在床上躺了半年，枯瘦得像只猫。祖奶奶满七十那天，她就像一只猫一样被扔进柳条筐里，那时祖奶奶已不能说一句话，她闭上双眼，谁也不知道她到底在想什么。

翁还能说话，还能走，但翁也得像祖奶奶一样过青马河了。翁想让自己的脑子变成石头，什么也不想。

"哇"的一声,曦嘹亮的哭声把翁拉回来。翁没有办法让自己变成石头。

这哭声,让翁的脑子飞快地转到了曦刚出生的那天。那天早晨,阳光把青马河对岸的山岩涂抹得金黄金黄的,翁看着那一片金黄,刚对着山神许下心愿,儿子就哇哇地哭着来到世上了。

也就在转眼间,自己已在世上走了一遭,该去了。翁在心里叹了一声,他已打定主意,再不听尘世中的什么声音了。

儿子曦送别的哭声一过,人们就开始抬筐。

跪拜。

过火。

下河。

上山。

翁被送进了山洞。

哭哭啼啼的曦把翁从柳条筐里抱出来,放在铺着干草的石板上。曦跪拜着退到外面,山岩洞口被人们砌起了一道石头墙。曦在砌好的墙上加上最后一块石头——压阵石。压阵石下面有个洞,曦以后会用竹竿的一头挑着把饭食从洞口送进去,一连七天,只是饭食一天比一天少,直到没有,直到翁耗尽体力死去。

黑漆漆的洞里,翁不知不觉沉沉睡去了。

醒来,翁用自己的左手掐右手,他还没有死。光从洞口射进来,亮得刺目,翁什么都看不见。墙上的洞口,不知什么时候多了个碗——那是曦送来的第一天饭食。

一只小飞虫,嗡嗡地叫着,从洞口飞进来,落到饭碗上,动也不动地扒着食物。翁突然有一种想说话的冲动,但飞虫不会说话。

泥鳅是在这时钻到翁的身旁的,谁知道它怎么进来的呢。泥鳅是家中的一条小公狗,毛茸茸的脸紧紧地贴在翁的脸上。

"……儿子！你来了？"翁浑浊的眼里，泪水奔涌而出。

"呜呜。"泥鳅温润的舌头触到翁的脸上，翁的心里涌进了暖流。

翁不再让自己躺着，翁让自己站起来。

忽然间，翁的耳边塞满了各种各样的声音：牛哞、鸡鸣、马嘶、风呼哨的声音、竹子拔节的声音、玉米抽穗的声音，还有山崖缝蛤蚧嗯啊嗯啊的叫声，各种叫声热热闹闹地挤进来，鼓动着翁的耳膜，都在召唤着翁。翁忽然听到了自己骨节咯咯响的声音。

七七四十九天，曦按风俗里所定的时日去收尸骨。在山岩洞里，曦只看到一堆干草。

家中的泥鳅，也不知哪里去了。

听着朋友的故事，不觉已到了目的地。

朋友最后说，其实那个山岩洞里还有一条通往山后的路，沿着这条路走没多久，走出山岩洞，就是一片水草丰茂的地方。

这个地方，正是朋友的养殖场所在地。当年曾几度陷入绝境的养殖场，如今已是颇具规模的种养观光园了。

大年过后是春天

除夕夜，冷。

大姐掩上木门，端上了热腾腾的粽子，对我说，秋谷，吃吧，姐包的粽子，甜的。

大姐剥开粽叶，是红豆掺苞米的糖粽。大姐用锅铲小心地切粽子,她把切好的粽子装到粗瓷碗里,端到妈的床前。

妈叹了一声,把碗推到床头的木箱子上,骂骂咧咧一阵后,是一阵含混的哭声。

爸已经有三个年头不回家过年了。爸不回家,妈就躺在病床上。妈说全身没劲,快要死了,可妈的骂声,从没有一天断绝过。家里家外,全靠大姐收拾打理。

一觉醒来,是大年初一。大姐给我换上了一件半新不旧的袄子,说,秋谷,跟姐去一趟,嗯?

我说,我们也去逛天保庙吗?

大姐早把头发梳理得光溜溜的,盘在头顶上。大姐在线衫的外面套上了爸的旧军装,还在腰间扎上了一条尼龙绳腰带,脚下蹬一双解放鞋。出门前,大姐抓过一顶破草帽,戴在头上,把帽檐往下压了压。看样子,她像是要进山砍柴呢。看着一言不发的大姐,我不敢多嘴一句。

出了村子,大姐带着我拐上了往红岭坡林场的路。

我说,姐,我们不去逛大庙了吗?

沉默了一路的大姐把手搭在我的肩膀上,说,我们去看爸。

爸在多桑的砖瓦厂工作。多桑离我们这里有三十来里的路,要走到那儿,得穿过红岭坡林场。那是个老林场,听说常常有野狼出没,过林场,通常是要结伴走的。

我们已经走进了林场的小路,路变得幽暗,林子里静得能听见树叶簌簌落下来的声音。我紧跟在大姐的后面,听见脚步声嗒嗒地跟在身后响。

我说,姐,我怕……

不怕,有姐在。大姐从衣兜里摸出了一个牛皮纸包,说,这是石灰,万一有什么情况,用得上,抓把石灰,专甩坏蛋的眼睛。

想不到姐还备了这个,有了武器,我的脚步没那么怯了。

到爸的宿舍前,我的腿脚软得像一团棉花。大姐一把拉住了我,叮嘱道,记住,我们是来给爸送年礼的,不是来哭的,不许哭!大姐从背着的袋子里摸出了两个粽子,塞进我的手里,让我手拿着。粽子早冻成了硬坨坨,我用粽子敲了爸的门。

出来开门的是爸,爸的身子僵硬在那里,你们、你们怎么来了?

大姐笑了笑,说,爸,过年好,妈叫我们送年礼来了。妈亲手包的糖粽,给你也尝一尝。

爸把我们拉进屋里,看了许久,诺诺着说,你俩一路上怎么过来的?不怕狼?

大冷的冬天,哪来的狼?就怕人狼,看我这身打扮,谁敢靠近?再说我们随身带着石灰粉呢。大姐说着,一把摘下了破草帽,露出盘在头顶的长辫子。

爸怔怔地看着姐手上的破草帽,又看着姐的旧军装和脚下的解放鞋,很快明白了怎么回事。

妮子,苦了你了。爸不是人!爸声音哽咽,喉头里像塞了团什么东西。

大姐说,爸,我都知道,什么都别说了。大姐的声音似水面一样平静,好像说的是和她不相干的事。大姐本在黄泥村里说好了婆家,婆家嫌弃爸在外面养小的,名声不好,有意把婚事一拖再拖,后来这事儿就黄了。

爸久久不语。

大姐说,爸,我来可是要告诉你高兴事儿,我又给自己说了婆家,城关镇上的。我是一个要嫁出门的人了,妈和秋谷不能没有你……

那天晚上,我去小解,听到砖垛子旁传来抽抽搭搭的哭声。我以为是大姐,回到屋里,见大姐坐在床上。我告诉大姐,大姐一脸沉静,手搭在我的肩膀上,说,没事的,秋谷,睡吧。

年后,屋前屋后的海棠争相开放的时节,大姐体体面面地出嫁了。送大姐出门的,有妈,还有爸。

给城市擦泪

稻香和老头子搭坐的火车,是在半夜进的站。

一脚踏上儿子住的城市,稻香悬着的心总算是踏实了些。

稻香叫老头子看表,老头子把行李袋靠在一根电线杆下,抬腕看了几次,没看清。老头子有些懊恼地说:"灯光太花了,眼迷离着哩。"

稻香要帮着看表,被老头子挥手赶开了。老头子接着像电视台的天气预报主持人一样有板有眼地报时:"北京时间,凌晨三点整。"

三点整,三更半夜哩。稻香抬头看看顶上的灯光,闪闪烁烁的灯光把街道照得像白昼一样明亮。城里的夜晚,说是像白昼吧,也不太像,灯光乱得能迷住人的脑子,稻香有种像在梦里的感觉。

稻香在自己的大腿上掐了一把,真的疼。稻香就知道,真的是到了儿子工作生活的城里了。

稻香对老头子说:"赶紧给儿子打个电话吧。"刚才在车上,

老头子几次掏出手机,想提早给儿子打电话,好叫儿子来接,可没敢打。听说火车是常常晚点的,谁知道火车哪时到站呢?等到站了再说吧。

老头子这会儿又犹豫起来:"你说大黑夜的,把儿和儿媳妇吵醒,我们成什么人了?"

稻香体贴地说:"找个地方坐坐,等天亮再说吧。"

他们转了几转,看到了车站旁边的阶梯,不约而同地坐了上去。两人都敏感地意识到了,这阶梯,是免费的地儿。

稻香从包袱里找了两件厚衣裳,先给老头子披上了:"你说,这城里的灯,好看是好看,怎么冷冷的呢?"

老头子说:"废话,是天冷,不是灯冷。三更半夜的,暮秋的天还能不冷么?"

两人一对一答,时间还是煎熬人,慢得很。

老头子终是架不住,把手笼在衣袖里,靠在台阶旁的围栏下,头一点一点地打起盹来。

一柄冷硬的东西,这时候抵住了稻香的腰杆。

"别喊!乖乖打开袋子,我只要钱!给了钱我不伤害你。"稻香听到一个生冷的声音。

稻香晓得遇到歹人了,斜眼看老头子。

"别说话!"躲在暗影里的那人低声命令道。

稻香哆嗦着手把袋子解开了。

稻香把袋子里的东西一一翻了出来。"钱呢?老头子,我们的钱包呢?"稻香突然失声叫起来。

"哦……"老头子听到稻香的叫喊,急急地摸起口袋。

"你找钱干吗?"老头子嘟囔着,把口袋又摸索了几遍,随后带着哭腔叫起来:"钱,我们的钱不见了!手机也不见了!"

"刚才你还掏手机来着。"

"掏了,走过来坐下,就那么一段路,就不见了!"

袋子里的东西被稻香一股脑儿翻出来,大米、玉米、黄豆、山芋、芝麻……都是带给儿子的东西,哪里有钱包的踪影?

"钱真是不见了,我们带来的东西,不值几个钱,你想拿哪样就挑哪样去吧,我们乡下人家,管这叫拿……"

说话间,稻香才发现刚才还躲在暗影里的那人不见了。

一幕一幕的,像在梦里一样。

老头子也明白了刚才突然遭遇的一切,顿时像病倒一般,颓丧地坐在地上:"这是在城里么?"

天不觉就亮了。

儿子早早就等在车站口了,儿子急切地奔过来:"爹、娘,你们早到了吧?打你们的电话干吗不接?"

爹生气地瞪了儿子一眼,转身,和娘一起,默默地捡着散落在水磨地板砖上的米粒。

"脏,不要捡了。"儿子站在旁边,"快走,等下会有人来扫的,不像我们乡下……"

"捡,你也来捡!"爹突然直起身子,朝儿子急吼吼地说,"不管怎么着,莫弄脏了这地!亏你还在城里文明了这么多年!"那架势,像极了当年他威风地站在自家的地头上,指挥着儿子干活的神情。

融入城市

富贵来深圳打工,是先知带来的。先知前几年就下深圳,早就混得像个城里人了。

尽管有先知千叮咛万嘱咐地指引着,富贵到城里的第二天,还是犯了一个错。

那时候,富贵在一家快餐店的窗口前排队买盒饭。快轮到富贵了,富贵的后面来了个老阿太。老阿太不时伸头看窗口,看样子好像有什么急事。富贵转身到后边,说:"阿太,你先来吧。"阿太瞪了富贵一眼,满脸恼怒:"你喊谁阿太呢?谁是你阿太啊?你看清楚一点!"

富贵一看,阿太的菊花脸显然抹过粉,眉毛精心描过,一张嘴,唇红齿白。富贵一时糊涂了,这到底是阿太、阿姨还是……阿姐?

阿太要了一根火腿,丢下一句话:"乡巴佬!"

回工地的路上,富贵问先知:"那老女人,我明明让了她,一句谢谢都不说也就罢了,还恼怒地瞪人,好像我欠她祖宗八吊钱的样子。"

先知说:"嘿嘿,城里的林子,大着呢。城里什么鸟都有,以后你要慢慢学会融入城里的生活。"

一天的工作下来,富贵最喜欢到小广场上小坐。小广场里,有修剪得平平整整的花草,有座椅。坐在座椅上,置身在花花绿绿的灯光里,看着街道上来来往往的车子和行人,富贵有一种感觉,感觉城市离自己特别近,似乎伸手就能把城市的繁华和美丽揽进怀里。

富贵到附近的报刊亭里打了个电话,告诉娘:"我在广东深圳的城里,娘你听到车声了没有?"他想让娘也感受感受城市夜晚的热闹。

拨过电话,富贵想到刚领了第一个月的工钱,该犒劳犒劳一下自己的肚子。富贵要了一杯台湾珍珠奶茶,两块五。富贵觉得价格还挺合理,不太贵,关键的是富贵只见工友喝过,自己还没有亲自实践。

富贵不喜欢用吸管,他沿着边缘把奶茶的包装膜撕开,嘴对着杯子呷一小口,美味沿着齿缝缓缓地流入心里,富贵心里轻叹一声,又呷了一口。

那只黑狗大概就是在那时钻到富贵的凳子下的。这小家伙一身黑,像团桌布,让人看了又怜又爱。这时,它仰着头,眼珠不动地看着富贵呷奶茶。

"哦,你也想喝?"

富贵弯下腰,把杯子一倾,流出一线奶茶,奶茶滴进了黑狗的嘴巴里。小家伙倒也不客气,吧唧吧唧地舔着喝。

"你干吗?"

一个声音在富贵的头顶炸响。

富贵停止了喂食的动作。一个黑裙女人站在面前。黑裙女人很胖,胖得像一个会移动的卡伦桶。

啪的一声,女人一手拍掉了富贵手中的杯子:"这廉价东西,配么?配给我的狗狗喝么?"

富贵愣怔在那里。

女人几乎咆哮起来:"我的狗,只喝进口的牛奶!你喂这些东西,它消化不良怎么办?拉肚子怎么办?"

怎么办?富贵还真没有想过。他蔫头蔫脑地坐在那里,接受女人暴风骤雨般的袭击。

"你留个电话!万一,我的狗狗怎么样了,我不会放过你!"

胖女人要了号码,才气呼呼地牵着狗走了。

回到工地,富贵把事情的来龙去脉告诉先知,先知问:"你真的给人家电话了?"

富贵说:"给了。"

先知说:"傻!十足的傻蛋!你随便拿个什么号码糊弄她不就得了吗?"

富贵说:"我说我没有手机,留的是老乡的手机号,把你的手机号留给她,她死活不信,认定是骗她,我只好又胡乱说了个号,她一拨,还真通了,嘿,才肯把我放过了。"

先知在富贵的肩膀上擂了一拳,两人相视,哈哈大笑起来。笑着笑着,富贵觉得脸颊冰凉冰凉的,手一摸,分明是两行泪水。

老李的一生

老李还记得当年从马大袋子的家中扛回这把太师椅的情形。

村里要分马大袋子家的财产,马大袋子的院子被坛坛罐罐各式家什占满。农会主席站在一张八仙桌的中央叫号,高声说每个号选一样东西。最先叫到号的,是老李。

老李打小就在马大袋子家里做长工，受的剥削深，大家都把门口让出一条道，让老李先挑。

老李的目光越过坛坛罐罐，落在那把太师椅上。

老李熟悉那把太师椅，上面的每个雕虫盘花都熟知。马大袋子平日里也和老李一道挥汗锄地。锄地归来，老李要拴马，要饮牛，要端水，做杂七杂八的事。马大袋子这时歪坐在太师椅上，八仙桌上飘着热茶香，马大袋子嘴里叼着一根大烟斗，神仙似的吞云吐雾。这时候的马大袋子，才像个大老爷。

发工钱的日子，马大袋子也喜欢坐在太师椅上，算盘扒拉扒拉地响，响了好一阵子，马大袋子才拿出早包好的银票，说："拿去，回家过个团圆年，年十六开春工。"工钱一文不少一文也不多地交到老李的手里。

老李分到了田地，心里一百个满意，如今就想要那把太师椅。老李如愿以偿，把太师椅扛到自家门口。婆娘春枝呀呀地叫起来："你个榆木脑壳！扛个大缸回来装谷子不成？扛个破椅子回来挺尸啊！"

老李不声不响地把椅子扛进屋里，摆在神龛下的桃木方桌旁。坐下，美滋滋地抽了一袋烟。

后两年风调雨顺，光是苞谷就收了好几大箩筐。箩筐里的苞谷经不得地气，春枝把老李从太师椅上拽下来，说："从今往后，这椅子不由你坐了，要放苞谷。"

也亏春枝想得出，太师椅上放苞谷。还真叠了满满的几箩筐。

老李眯着眼看着太师椅上的苞谷，说："成，成，让粮食当爹。"太师椅让位给了苞谷，吃饭的时候，困乏了的时候，老李屈就坐在四脚的木马凳上，老李看着太师椅上的苞谷，眉开眼笑，仿

佛,坐在上面的不是苞谷,是自己。

年夜饭的时候,老李是要坐太师椅的,老李像个老财一样,威风地朝几个娃呼喝着下指令:"把苞谷给扛下去！老子辛辛苦苦地忙活了一年,图的就是过个好年,这顿饭,老子偏就坐这太师椅了。"

春枝不出声,心想,也是呢,这头等重要的年夜饭,该让这个一年到头劳苦的人坐上好位置,真正当家中的主儿呢。

日子梭子一般一年一年地过去。娃都长大了。

老李最欢喜的事,莫过于叫娃把太师椅摆在榕树下,前面摆一茶几。上了年纪的老李啥事也不做,纯歇息。有时,茶几上也摆一个人的宴席:一杆烟,一杯酒,一碟炒花生米。内容很简单,老李却能吃上半天,吃得津津有味。

二娃这一天围着太师椅转着看,说:"爹,你好眼光呢。"

老李说:"说什么？"

二娃说:"这太师椅,是正宗的紫檀木做成,我让人估过价,人家出五万！"

老李说:"啊。"

二娃说:"五万,能修两层楼了,爹,你不考虑？"

老李说:"不考虑,我哪样都不缺,五万能买悠闲自在的日子？"

第二天早上,二娃带着一个老板模样的男人来到家里。

二娃进门就喊:"爹,爹！"

却见爹安详地躺在太师椅上,头歪在一边。二娃以为爹熟睡过去了,一摸,爹的手脚已冰凉。

太师椅前的茶几上,一杆烟,一杯酒,一碟炒花生米,都整整齐齐地摆在那里。爹今天的宴席似乎还没开始呢。

微笑缘

你刚走到青佛山脚下,雨就来了。起初,豆大的雨点落在山道两旁的大叶紫薇上,啪啪直响。顷刻间,雨点连成了线,哗哗地从山顶上直泼下来。

犹豫了一下,你还是抬脚进了旁边的那扇月亮门。

门内是个小院,里面只有三间平房,房前的青瓷砖地板,像被人刷洗过一样洁净。

一个微胖的阿姨朝你笑笑,算是招呼。

看到了中间一扇门上的"星星福利院"几个字,你下意识地停住了脚步。你出来时袋子里空空的,什么都没有,你甚至不想再走进去了。你看到胖阿姨笑吟吟地为你打开了右边的绿门。你心里想,既然进来了,就躲过这一阵雨再上山吧。你不希望一身湿漉漉的走得这么狼狈。

"请到屋里来。"胖阿姨热情地把你从过道里引进去。

"我……我是说……我不是……"坐下来的你有些尴尬。胖阿姨显然是误解你了,把你当成来这里做善事的热心人士了。

胖阿姨微微一笑,说:"我们这地方刚办起来没多久,人手缺,太需要你们这样的临时志愿者了。"

一个孩子啼哭的声音从另一间屋子传来,胖阿姨说:"有孩子睡醒了。"胖阿姨抱来了一个孩子。

又是一阵哭声。胖阿姨忙把怀抱里的孩子转交到你的臂弯

里,照顾其他孩子去了。

抱起孩子,你惊异地看到,原来这是个兔唇的小女孩。你轻轻地摇晃着女孩,走了几步,她的哭声停止了,睁着大眼看着你。

胖阿姨安顿好孩子,走进来,说:"我最不放心的就是这个孩子,这孩子,自从被送来后,总是哭,总是哭。"

你有些心不在焉地说:"是吗?她仿佛在笑呢。"

胖阿姨探头过来,说:"哦,这小可怜,她一直都这样。你觉得她笑就是笑,她哭的时候也是这样的。不过,她今天好多了。"

外面,雨不知道什么时候已经停了,天仿佛被水冲刷过一般,蓝得纯净透明。

你觉得你该走了,你把女孩交给胖阿姨,刚放下,女孩就哇哇大哭起来。

胖阿姨抱过女孩,说:"乖,别哭哦。大姐姐以后还会再来的,是不是呀大姐姐?"

女孩哭得更厉害了。不知为什么,这哭声像一根弦,紧紧地揪住了你,你又一次俯下了身子,抱起女孩。

你发现,如果没有哭声和眼泪,女孩真不像是哭,像是在笑。你突然想,上帝也许还是很公平的,比如给了这个女孩带有缺陷的嘴唇,同时也慷慨地给了她时时微笑的表情。

胖阿姨看了看天,对你说:"这场雨,来得不是时候,小于说好下午要来的,可现在还没有到。你能多留一会儿就好了。"

女孩在你的怀抱里渐渐变得安静了,她的眼睛滴溜溜地看着你,嘴唇浅浅地弯着,笑了。胖阿姨说:"可能是你抱她的姿势,特别地舒服。瞧,她恋上你的怀抱了。"

吃饱喝足的女孩在你的怀抱里渐渐入睡了。看着女孩带着泪痕的甜甜的睡相,你发现自己心里的冰冷坚硬的东西在一点一点地融化,变得柔软。

走出福利院,已是华灯初上的时分。

远望山下的星星灯火,你潮湿的心变得明朗了。

那时候,高考让你遭受了人生的第一次大失败,你的天空仿佛坍塌了。你听说过青佛山上有座水月庵,你想要到那里去。在路上,你和一场雨相遇,而那场雨让你和微笑相遇。

你抬头看了看青佛山灰蒙蒙的山顶,没有往山上走。

锁　光

夜深了,玉米怎么也睡不着,她披衣坐起,屋外嗖嗖的风凉透了她的心。

一线橘色的光,穿过木格子窗棂,斜斜地照在玉米床前的墙壁上。在暗夜里,浮动在墙上的光就像火塘里的火苗。有了火苗,屋里就有了暖暖的东西在流动。这火苗,让玉米想起了阿五热热的眼神。

躺下来,玉米翻烙饼似的翻来覆去,还是睡不着。

灯光是从阿五家透过来的。隔壁的阿五,刚刚打鱼回来。阿五每天傍晚出去下网,三更半夜,亮光爬进窗格子,就是阿五下渔网回来的时候了。阿五的门吱呀一叫,玉米就醒过来。

玉米看看窗外的天空,黑魆魆的,天还没有亮的兆头——阿五今晚这么快就回来了?

山风一阵赶着一阵,屋后的竹节咔嚓咔嚓地响,该是被风吹

折了。一个炸雷这时候响起。紧接着,雨打在瓦片上,瓦片嗒嗒地响着。雨越下越大,如泼,如倒。屋里开始嘀嗒有声,玉米一个愣怔,爬了起来,拉亮了灯。正屋的侧间是斜顶的瓦房,放牲口柴草的。男人出去打工后,瓦房久不检修,屋顶有几个地方抬头见天。这会儿,雨顺着瓦片的缝漏了下来,屋外下大雨,屋内下小雨。玉米在地上放了几个脚盆,总算把雨水接住了。抬头看,一注雨水顺着墙头往下淌。玉米的心躁躁的,墙被雨水这么一冲刷,就如同病歪歪的老人一般,随时都有支不住的时候。

阿五不知什么时候站在了窗外。阿五敲着窗,说:"嫂子快开门,我这边有竹竿,帮你把瓦片撑一撑?"

玉米的手刚触到门闩,就停住了。玉米听到自己的心在怦怦地跳着。

"把竹竿给我,我自己来吧。"玉米对着窗外说。

竹竿从窗格子里伸了进来。

玉米拿起竹竿,就着屋顶捅了捅,把瓦片挪了挪,果然,漏缝堵住了。吧嗒吧嗒的漏雨声渐稀了。

玉米的心里,却像雨后的河水一样,汹涌翻腾起来。男人出去打工好几年了,盖新房的钱也攒得差不多了。按理,男人该回家安生过日子了,男人却有男人的想法,窝在城里,把老屋和田地都交给玉米打理。玉米忙完地里的还要忙屋里的,又当男人又当女人。

过年,男人难得回来一趟。

玉米嗔怪道:"这次长久在家里住下吧?要不,田地都荒废了呢。"

玉米说的是自己的这块田地呢。

男人说:"田地有你打理,我安心咧。攒不够做新房的钱,哪里有脸面回来?"

攒够了建平顶房的钱,男人说,还要攒粉刷房子的钱,这辈子要让玉米住上村里最敞亮的房子。

还粉刷呢!玉米心里有一百个不愿意,也拴不住男人的野心。男人是个实打实的人,过年后不久又出去了。

雨渐渐停息了。玉米回到床上,轻轻地叹了口气。那一线光,还斜斜地照在床头的墙上,离玉米是那样的近。

玉米的心突突地跳起来,这时候阿五会不会也辗转反侧?阿五的腿要是不瘸,一个大男人,也就不会留守村子了。阿五除了走路有点跛以外,人长得挺精神的,浑身上下都有着使不完的劲儿⋯⋯该死!干吗要想这些?玉米为自己没头没脑的想法吓了一跳,她狠狠地拧了自己一把。

第二天,玉米请人给窗格子装了一道活动的木板门,还给门上了一把锁。

阿五家的灯光,被挡在窗外了。入夜,玉米躺下了。玉米的眼睛却仿佛长了记性一般,总是不由自主地朝窗口望。她也不知道自己在望什么。望着望着,日子就过去了。

后来,玉米家的新房子建起来了,安了一道透亮的玻璃窗。刺目的光肆无忌惮地从玻璃窗照进来。玉米心里头却仿佛有了阴影,尤其见不得光,她给窗子拉上了厚厚的窗帘。

牛　事

庆生一觉醒来,太阳已爬进窗口了。

庆生踢开铺盖,跳下床,看桌上的闹钟已经指向9点。

庆生飞起一脚,没踢到闹钟,瘸腿的桌子吱地叫了一下,歪到墙边去了。

庆生赤着脚跑到门口。阿婆就坐在门口的木凳上,她像木桩一般,对庆生的叫喊全然没有反应。

耳朵聋了的阿婆,嗓门出奇地大,见到光着脚的庆生,她打雷一样吼起来:"咋的了? 又咋的了?"

错过了上学的时间,学是不用上了。庆生想,现在去学校,横竖都要挨老师的骂,还不如放牛去。

家中的大牛,叫黑虎。

妈妈要下深圳的那天傍晚,把庆生牵到牛栏前。妈妈说:"你在家好生读书,周末没有书读了,就牵黑虎去遛遛。每天有事情做,日子过得快,转眼,妈妈也就回来了。"

放牛,上学;上学,放牛。妈妈走后,庆生的日子每天就重复着这些内容。

庆生终于知道,不到过年,妈妈是不会回来的。

仅有一次,妈妈破例地回家了。那是隔壁家的大伯死去的时候。那时候,不光庆生的妈妈回来了,同去打工的好几个人都回来了。村子变得热闹起来,这场景,就留在庆生的脑子里了。后来,村里死了人,就有人从外面回来,村子里就像过年一样热闹。

放牛清闲的时候,庆生会把妈妈回来的情景拿出来过过脑子,这样的回忆是一件很甜又很苦的事情,但庆生愿意慢慢地咀嚼着这些往事。

黑虎进到草坡,就安静下来,摇着尾巴,啃着草,一路地啃过去。

突然,黑虎像嗅到了什么,抬头呆立了一会儿,猛地往前跑。不好了!前面是金毛!金毛是高头家的一头小母牛,毛色柔顺得像绸缎似的,总让人想上前摸一摸。

黑虎是不是也觉察到金毛的不同一般?这段日子以来,黑虎变得很不安分,尤其在见到金毛的时候,像是吃了什么迷药,兴奋极了,逼过去,逼得金毛见到黑虎就躲。

有一次,黑虎居然追上金毛了。黑虎趴在金毛的背上,也奇怪,金毛这回不跑了,好一会儿,黑虎才从金毛的身子上下来。庆生看呆了,庆生不知道这是怎么一回事,庆生有太多问题,没人告诉他,都烂在肚子里。妈妈不在身边,谁也不会告诉他这些秘密。关于大人那些羞耻而又神秘的事情,庆生在村里小卖部的录像室看到过,他好奇地问过别人,几个比庆生大的同学咯咯地怪笑着,庆生被这问题弄得面红耳赤。此后,庆生再也不轻易问人了。

这时,金毛一头钻进地沟里。地沟原来是条水渠,年久失修,水渠有些地方被填埋得窄了,有些地方是宽的。黑虎在后面紧追不舍。金毛凭着小巧的优势,很快钻过窄道,然后一跃,跃到沟岸上。

在窄道里,粗壮的黑虎变得笨拙了。刚开始,黑虎还铆着劲追,后来慢下来,再后来,黑虎不动了。黑虎的肚皮,被沟壁夹住了,黑虎现在是进退两难,只在那里喘着大气。

黑虎被卡住了。庆生看着黑虎，望望村庄的方向，田地里、路上，一个人影儿都没有。

庆生的脑子里忽然闪过一个想法。他自己也被这想法吓了一跳，但很快他就拿定了主意。他搬来石头，石头砌起的墙渐渐升高，前堵后截，把黑虎围在石头墙里。

庆生甩着鞭子，走在回家的路上。庆生为自己制造的秘密自鸣得意地哼起歌儿来，只要自己什么也不说，过三天，不！过两天或一天以后，黑虎就会……谁也不会知道黑虎的秘密。

太阳正火辣辣地照在头顶上，庆生抹了一把汗，觉得胸中有什么东西在噌噌地烧起来。

阿婆还是木桩一般坐在门口。

庆生蹑手蹑脚地绕过门口的阿婆，进到里屋。他拿了铁盒里的钱，飞跑到小卖部，他要给妈妈打了个电话，告诉她：黑虎死了，黑虎死了！

少年庆生有些掩不住自己兴奋的声音，他仿佛已经看到妈妈正走在回家的路上，离村庄近了，近了……

消失的桥

桥是石桥，有些年头了。石桥的这头，是古老的村子，桥的那头，是所小学，学校再过去就是通往外面的路。石桥如同一根扁担，一头挑着学校，一头挑着村子。

龙须河的水，从桥下淌过。涨水时节，发怒的河水，有如野马,呼啸着从石桥上面奔腾而过。洪水退后,石桥又露出了本来的面目,只是,桥缝里钻出来的野蒿草呀,竹叶草呀,被河水顺手拔走了。瘦骨嶙峋的石桥,仿佛扎下了根,稳稳地站在河面上,一年又一年,迎送着过往的村民。

桥头学校里的张老师,喜欢给小石桥作画。听张老师说,有一幅画在省报上发表了,这算是小石桥最辉煌的一页了。张老师后来成了张校长,几十年过去了,石桥如一位德高望重的老人,见证着小村的历史。

忽然间,传说王小小要造新桥了。钢筋水泥的大桥!

张校长背着手,走上了石桥。

石桥边上,停着王小小的小轿车。王小小在指手画脚地指挥着什么。

张校长走过去,说:"王小小,真有修桥这回事?"王小小是桥头学校里曾经的学生,现在当了大老板,张校长开口,还是习惯直呼其名。

王小小说:"张校长你来得正好,正要找你商量个事。"

张校长道:"什么事你说吧。"

王小小说:"和修桥大事有关,造桥修路,造福一方,不是大事是什么?有个事得要学校配合配合,张校长,你得通融一下。"

张校长大致已猜出几分,便绷起脸,说:"如果是要把学校变成工地,门都没有!"

"学校不是放暑假了吗?"

"放暑假就不叫学校?清净地方,装不下乌七八糟的东西。"

王小小晓得张校长的脾性,只好软着来:"张校长,造桥是利国利民的大好事啊!"

"利国利民还是利己?"张校长早有耳闻,王小小造桥别有

用心。

"怎么就不是？有了平铺的水泥桥，以后从村里上街，不就十分钟的事？"

"你要修桥便修桥，莫得动这石桥——它是咱们祖宗留下来的文化遗产呢。"

"张校长你是文化人，整条龙须河，还有哪个位置比这地方更适合修桥的？"

张校长不想和王小小胡搅下去了，王小小辍学那年，自己可没少往王小小家跑，要王小小返回学校读书。磨破了嘴皮，王小小他爹说："老师，你不就为了一个什么升学率吗？这个升学率让你赔了多少工资，等我们家小小挣了钱，我叫他赔你钱。"张校长当时气得喉咙冒烟。

没过两年，王小小就开着一辆屁股冒烟的小轿车回家了。王小小也成了响当当的人物。没读多少书，人家不也一样发达了吗？村里的小孩都懂得拿这个来当不读书的借口，弄得张校长很是下不了台。

过了石桥，张校长朝村主任家走去。村主任的儿子也是小学校里的学生，张老师今天倒要卖一回自己的老脸。

村主任的态度恭敬得不行，听到张校长说要保留小石桥，给后世留点文化遗产，便答应着，好，好，好！

可是，没过几天，小石桥三下两下就消失在机器的铁臂下了。运水泥钢筋的大货车，突突地开进学校里。

就像发面一般，仿佛一夜之间，一座水泥桥便高高地立在河面上了。

大红油漆的"永胜桥"几个字格外醒目，桥变成有名有姓的桥了。桥和王小小的公司是一个名字，桥变成了王小小公司的广告桥了。王小小的公司,专淘沙的,早把上游的河道挖得千疮百孔。以后,一车车的河沙将从水泥桥上运到外面。想到这里,张老师的心像被人掏空一样。

桥开通的那天,桥上披红挂绿。披挂一新的桥就像个打扮得花枝招展的礼仪小姐,笑迎前来看热闹的人。

事情发生在一个雨夜。上游暴涨的洪水夹着泥沙和枯枝断木汹涌而下。

洪水退了以后,人们发现,那座披红挂彩的水泥桥,仿佛被连根拔起,连桥墩也不剩了。

河面上,什么都没有了。

那座古老的小石桥,如今变成了一幅画,安静地躺在教科书里。

让花朵说话的人

燕 子

十岁那年,病魔夺走了我的声音,我的世界一下子陷入了黑暗里。

一开始,我用眼泪说话。妈妈说:"燕子,你别伤心,你一样能说话。"妈妈带来了一块硬纸板,纸板上用回形针别着一张张白纸。她开始手把手教我在纸板上说话。我想说的话,全都写在纸上了。我会说话了!我发现自己其实很爱说话,我还发现院子

里的蝴蝶啦、南瓜花啦、金龟子啦都能和我说话。

我最喜欢和书本里的文字说话了,文字什么话都能说。

妈妈给我买了一台平板电脑,从此我说话更顺畅自如了。和妈妈交流时,我搬出文字来,妈妈说不过,她说:"你呀,比我还能说会道。"

18岁生日那天,我在纸板上写下一行字:妈妈,我要出去工作。

妈妈的眼睛睁得大大的,里面闪着惊讶和喜悦的光,可这光随之暗淡了:"燕子,在外面和在家里可是不一样的呀。"

我告诉妈妈:"我会用文字来说话。"

妈妈轻抚我的肩膀:"那就去试试吧,妈妈什么时候都相信你。"

我要走出去,我对自己说。

妈　妈

我带着燕子几乎踏破了铁鞋,走了上百家单位和公司,可人家得知燕子的情况后,除了表示同情之外,给出的答复大同小异:不能接收。我又自己走了好多地方,结果,全是无功而返。

夕阳把影子拉得老长,街灯还没亮,铁栏旁边的植物园,已经蒙上了一层暮色。一位老者在埋头修剪枝条,我停下了脚步:"老先生,您这里需要人手吗?"

"哦,不过我这里庙小,还是个穷庙,恐怕开不出多少工资,没有人愿意来。这不,我只好亲力亲为了。"

我把燕子的情况一说,人家倒不嫌弃,说:"明天就过来适应吧。"

我的燕子,终于找到一份工作了。

老教授

一场寒流突如其来,气温骤降。天刚亮,我疾步走向植物园。我最担心的,莫过于兰圃里的那些兰花们。有几株蝴蝶兰是从国外引进的新品种——那可是我们课题组研究的对象。花工还是个新手,她能懂得这些兰花公主们的秉性?兰花公主们能逃过这一劫吗?就拿蝴蝶兰来说,它们喜欢高温高湿的环境,生长时期最低温度应保持在 15 摄氏度以上。前面我带的每届研究生,理论说得一套一套的,可真正把活生生的花草交给他们养护,不少花草被养死了。

站在我最钟爱的那几株蝴蝶兰旁边的时候,我的疑云顿消。蝴蝶兰已经全进了特护房子,它们显然刚喝足了水,在暖棚柔和的灯光下舒枝展叶,那娇小而尊贵的小花儿,如翩翩红蝶,展翅欲飞。

"你把兰花都搬进特护房了,怎么知道要这么做的?"我问燕子。

燕子用手指了指自己,又指了指电脑。这个特殊的姑娘,走到哪里都随身带着平板电脑。

我注意到,燕子在短短几天里给所有的兰花都分门别类,做了标牌。翔实的内容,着实令我惊奇,没有扎实的专业知识,根本不可能做到!

"这些标牌,也是你做的?"面对我的疑问,她微微一笑,算是回答。

"这么专业的知识,你学过?"我不敢相信这样一个姑娘能有这么系统的专业知识。她眼睛一弯,望着电脑笑。

这个不能开口说话的姑娘,她的眼睛特别能说话。我不由得

问:"你什么时候开始学的?"

她在纸上飞快地写了一行字:"自从我不能正常说话以后,我就每天和院子里的花花草草说话,后来又在电脑上和它们说话——花草们也有语言呢!"

"那个以自考总分第一进我们农学院的金燕子,难道就是你?"

燕子的眼里,闪着异样的光芒,她的字打得更快了:"是的,我都是靠自学。"

"你有兴趣考我的研究生吗?"

"我?"她在用眼睛表示自己的惊喜和疑虑。

我指着标牌,告诉她:燕子,用行动来说话吧,你看,你让满园的花儿们都说话了!

遇见未来的自己

小薇看到那个女人走到珠宝柜台前。女人穿着合体的无袖裙,那长长的双臂,白玉无瑕,一览无遗。

小薇不由得多看了女人几眼。女人的手,近乎完美。小薇还没见过这样的一双手呢。那线条,简直不是来自尘世,对,那是观音的纤纤素手。那双手骄傲地在小薇的面前展现,娉娉婷婷,仿佛一对舞者。

小薇也曾是一名舞者,那次车祸无情地夺去了她的一双手。没有了才懂得珍惜。小薇现在羡慕着有手的人。像女人这样的一双手,真是让人着迷。

　　小薇注意到,女人的眼睛停在一个"V"形的戒指上。女人把戒指套在指头上,又脱下来。小薇也有这么一个戒指,她太喜欢这种形状的戒指了。"V"是英文"Love"里的一个字母,代表着"I love you",当年张晨把这个戒指戴在自己的左手中指上时,曾在耳边呢喃着说。

　　自从遭遇了不测,小薇想都不敢多想那戒指了。那枚"V"形的戒指,据说就遗落在出事现场。张晨把戒指取回来,请人清洗。戒指光鲜依旧。张晨拿出戒指时,小薇朝着他大吼:"别在这里献什么殷勤了,你这是故意拿它来刺激我的,是不是?给我丢出去!我再也不要看到它!"

　　"好吧,别生气了。"张晨唯唯诺诺地站在窗边。戒指,在窗口划了一道弧线,飞了出去。那是他们的订婚戒指。小薇呜呜大哭,她知道,有些东西,就像那枚戒指,也随着那道弧状的痕坠落,消失了。"你滚开!"小薇吼道。张晨默然,不声不响地退了出去。至于那枚戒指,它后来到底在哪儿,小薇缄默不语。

　　那个女人经过一番精挑细选之后,选了一个大的"V"形戒指,说:"就要这个。"小薇突然觉得,这个女人冥冥之中跟自己有着某种缘分。女人显然发现了小薇,侧过脸,微微一笑:"你好!"小薇的回应有些机械:"你也好!"女人的眼光落在小薇的脸上:"怎么?你不认得我?"小薇怔怔地看着女人,好熟悉的面孔!是啊,在哪里见过呢?可小薇真的想不起来了。女人笑吟吟地说:"我就是未来的你呀!"小薇看了看自己的袖子,空的!——未来的自己,新长出了手臂?女人笑了:"这手臂,3D打印的效果,怎么样,连自己也看不出来了吧?"小薇惊奇地张大了嘴巴。忽然,女人一闪,不见了。

……

小薇睁开眼。枕边,还躺着张晨前几天买来的那几本书。

还记得那天,张晨买来了一沓书,近乎讨好地说:"看,我给你买来了你最喜爱的东西。"小薇默不作声,散淡的眼神又飘起来。张晨还是饶有兴致地说:"你看过这书就会知道,有那么一天,人的手脚啊,五官啊,嘀嗒嘀嗒就能打印出来。"小薇没好气地白了张晨一眼。张晨调皮地吐了吐舌头:"不理人啊?女霸王高高在上的脾气可一点儿都没变。"等张晨出去,小薇瞥了一眼书的封面:《3D打印,从想象到现实》《打印未来》……书本静静地躺在床头——它们,悄然进入自己的梦里了。

张晨是什么时候回到家,什么时候坐在床边的,小薇一概不知。过量的安眠药,居然只让自己在梦里走了一遭。

蓦地,小薇看见自己的脖子上挂着一串亮闪闪的项链,坠子是V形的。

张晨轻靠过来:"喜欢吗?那枚戒指,我让它变身了,还是V形的哦——永远的V形。"

"你,真是傻得可以。"点点泪光中,小薇又看到了那枚V形的戒指。

"要不,到下面走走?外面的风暖了。"这是张晨发出的第N次邀请了。

每次,小薇都无一例外地拒绝了。而这次,小薇终于试着站起来。

这是小薇第一次敢走到外面去。外面的风,真的暖了。

心灵的洗礼

邻居搬来以后,他的失眠症越发频繁地发作。

每天晚上躺下后,他的耳朵就像猎狗的耳朵一样,甚至能捕捉到游丝样的声音。邻家的公鸡,简直是轰轰作响的战斗机,夜深人静时,战斗机们呜呜呜地炸响。他们的厂矿生活区,与县城相距百里,有些家属便开辟天地,养起了鸡鸭猪狗。邻家估计养了好几窝鸡呢,因为邻家搬来以前,他的耳朵里除了自鸣钟一般的声音外,是很少有战斗机一样的声音的,这声音,大大超出了他的忍受范围。

"妈,我又睡不着了。"早上,他和母亲说。

母亲小心翼翼地问:"是不是邻家的鸡叫声?我也被它吵醒了呢。"

"是吧。"他说,"以前还能一小觉一小觉地睡,昨晚是通宵睡不着。今天我不想上学了,想请个假。"

还有不到一个学期,儿子就要高考了,儿子睡不着觉,这成了母亲的一大块心病。她每天变着花样给儿子炖各种各样的补汤,人参甲鱼汤、桂圆枸杞鸡汤、天麻鱼头汤……看到儿子皱着眉头吃着这些本该可口的美味,她的心就隐隐作痛。儿子的失眠症还在继续,她的心简直拧成了麻花。

母亲的脸上闪过惶惑的神情,她不知道怎么是好。

母亲抱着一袋人参出门去了,没过一会儿,母亲回来了,满脸

喜色地跟他说："邻家的阿姨同意把那窝吵死人的公鸡处理了，她还算是个好说话的人呢。"

半夜里，他还是难以入眠，战斗机的声音是没有了，取而代之的是叽叽喳喳的闹市一般的声音。

第二天，他攀上水泥墙。邻家的后院里，一只肥大的母鸡在咯咯咯地叫着，身旁是十几个圆滚滚的绒球样的小鸡，叽叽叽，叽叽叽，每个绒球仿佛都是一个喇叭，难怪，他听到闹市一般的声音。

他朝绒球们砸了几块泥巴，然后，跳下水泥墙，转身朝上学的路走去。

自从他用泥块和绒球们打了招呼后，心头的恨仿佛得到了发泄一般，晚上居然睡了几个囫囵觉。

这天晚上，他被一种奇怪而尖利的叫声搅得难以入眠。那种声音，像呻吟，像控诉，像反抗，声声入耳，他真想立刻爬起来，找到声源，把那个声音掐死。

这次他爬上围墙的时候，终于发现了怪声的来源。那只肥大的母鸡正趴在墙角下，嘴里不时发出那种奇怪而尖利的声音。他朝母鸡挥手，试图驱赶它。它尖叫几声，扑了扑翅膀，身体却动弹不了。他看出来了，母鸡受了伤，它的脚没了，怪不得它的叫声里满是恐惧和惊吓。

他翻过围墙，轻而易举地捉住了那个爱尖叫的家伙。爱叫就叫吧，他把它丢在路边的草丛里，那是他上学时必经的地方。他觉得这事还真是惊险而刺激。

没有了肥母鸡尖利的叫声，他的失眠症非但没有一丝一毫的好转，反而变本加厉地频频来袭。

这天，他请假了。他转到后院，刚坐下，就听到了邻家有一搭没一搭的对话：

"阿弟,你看啊,你看啊!"是一个女的惊喜的声音。

"妈妈,看什么呀?"

"鸡妈妈能用翅膀走路呢!"

咯咯,邻家的后院里洒满了笑声。

自从他把肥母鸡丢掉后,他再也没攀过墙头了。

不知被什么力量所驱使,他又一次攀上了墙头。

"你好!"邻家阿姨热情地打招呼。他想缩回身子,已经来不及了,只好仓促地道一声:"你们好!"

与此同时,他的目光直了：他看到了邻家的孩子,那小男孩坐在轮椅上,头靠着椅背,眼光里却泛着熠熠的神采。

男孩见到墙头上的他,拍着手叫:"哥哥,你看！我家的母鸡,会用翅膀走路。"

他看到,母鸡正奋力地拍打着翅膀,快速地向食槽那边挺进。它的身前身后,围绕着一个个圆滚滚的小生命。是那只母鸡！它居然回来了。它是怎么拖着残腿回来的？对,它一定是在用翅膀走回来的！

"是啊,翅膀着地,就有力量了。来,试着用你的脚着地,走几步！妈扶你去看看,那边的丝瓜花也开了咧。"阿姨把手伸向男孩。

男孩摇摇晃晃地站起来……

"你在看什么?"母亲不知何时站在了他的身后,"是不是……"

"没什么。"他说,"真的没什么,妈,你就放心吧。"

也真奇怪,此后,他的失眠症不治而愈了。

年前年后

年逼近了。我们家猪栏里的那两头年猪长势一天比一天喜人,大的那头长出了肥膘,小的那头毛色也日渐光亮起来。它们每天吃饱了睡,丝毫不觉我爹看它们的眼里含有怎样的用意。

我爹用粗糙的大手摸了摸那头大猪下垂的肚皮,喜悦在脸上层层漾开,他一遍又一遍地打着心中的算盘:"小猪可以派购的话,大猪就当年猪了。这样一来,年猪有了,娃的学费也有指望了。"

我也说不清派购是怎么回事,但我听说过上面有政策,家里若要杀猪,得先卖给派购站一头猪,换取派购证,没有派购证是不能自行杀猪卖肉的。

早上,爹单独给小猪下草料,草料里还拌进了半瓢米糠。

娘心疼得直咂嘴。爹呵斥道:"你不懂!猪要是吃不饱,斤两不够,还怎么派购?"

爹给小猪过秤,喂得饱撑的小猪斤两正好够派购了呢。这意味着什么?意味着大的可以留作年猪了。说是年猪,还不如说是学费猪。我们家中兄妹几人的学费就能吃掉一头大肥猪。爹又给小猪单独添上一瓢饲料,说:"吃吧,多吃几瓢料,就进城派购喽。"

爹把那头小猪装进笼,搬到借来的一辆平板车上。爹把推车进城的任务交给了我,上了初中的我怎么也算是家里的半个劳力了。

车辘轳在凹凸不平的山路上扭着身子,嘎吱嘎吱地唱着小曲。冬日的阳光,暖暖地晒在车上,我推着一车的阳光向城里进发。

出了枫树林,便是石山路。在一个转弯处,车把突然一歪,车辘轳哑了——板车的一个轮子陷在路旁的泥坑里。我抹了一把汗,跳下坑,可凭我的气力,怎么也推不上来。

我用手拉,用肩膀拱,用脚踢,把吃奶的力气全用上了,车辘轳却越陷越深了。吃饱了撑的猪又是粪又是尿,把车板弄得臭烘烘花糊糊的一片。

我看看前方又看看后头,山路上哪里有人影?我心里急得像点了火。我连拖带拽,总算把猪笼拖下车,然后四处找石块,一块一块地搬来往坑里填,车辘轳一点点地垫高了,我终于将板车从泥坑里推上来了。但把猪搬到车上是我无论如何也办不到的。我只能坐等,后来,在一个路人的帮忙下,才把猪抬上了板车。

紧赶慢赶,我推着猪赶到派购的地方时,人家都快下班了。

收派购猪的是个穿四兜衣服的干部。他用眼睛量了量猪瘪塌塌的肚皮,说:"小兄弟,猪的斤两不够格哟。"

我抹一把脸上的汗水,焦急地问:"怎么说不够格?不是还没有过秤吗?"

"四兜"说:"我眼睛一扫就能看出几斤几两来。"说着,关上了门。

在我的央求下,"四兜"极不情愿地给猪过秤。还是那句话:"不够秤!"

"差多少?"

"一斤半。"

"我们在家过秤……"我的声音哽在喉咙里。

"是你们家的秤准,还是我们的秤准?不够就是不够,都是有规定的,差一两都没办法。""四兜"说着,转身砰地关上了另一扇门。

我站在派购站的门外,呆成了一只断了线的木偶。

猪到底没有派购成。我空着肚子,推着板车返回。山路高高低低,走到傍晚才到家。

我把平板车往院子里一推,仿佛和谁赌上了气,谁说话都没理。

爹看着板车上的猪,说:"笨猪啊,卖个猪都卖不出去,还读什么书?我看你是越读越像猪!……"我把爹的数落甩在身后,爬到猪栏后面的黄皮树上,任凭娘怎么呼叫都不下来,直到在树上昏昏睡去……

大猪派购了,那头小猪被爹卖了,换成我们兄弟姐妹几个的学费,爹说:"先算够学费,才能算肚子。"那年,我们一家关着门吃年夜饭,过了一个清汤寡水的年。

年后没多久,村主任老能带来了一个好消息:"今年往后,上面正式全面取消派购证了。"老能传达这个好政策的时候,我们一家正在吃晚饭。我看见爹的筷子举在那,老半天动都没动。

八月天

　　稻子收下以后,高粱的穗花在风里鼓起来,忙了田里的眼看又要忙地里的。二姑的头上顶着一个火辣辣的太阳,一眼看见地界边上的一行高粱活生生地被人拦腰砍去了半截,心里发起毛来。二姑估摸着是和自己争地界的女人干的,二姑就指着太阳喷烟冒火,那女人也不是省油的灯。女人们吵架吵到一定程度就会抬出男人来。那女人跳出来,说:"就你家男人能!能也不尿你,尿别的女人!"这话像尖利的砍刀一样,直戳戳砍在二姑的胸口上。更戳胸口的是,这点事的的确确地得到了证实。

　　二姑是在一个晌午来到镇上的,捅开门时,二姑丈和一个妖艳的女人正在抱团睡觉。二姑的怒火滋滋地烧起来,她抄起扫把,一阵乱扫。这对男女惊慌失措地看着二姑,像看着突然从天而降的凶神。

　　二姑平日里守着村里的老房子,只在高粱玉米瓜果刚收下的时候,送一些给在镇上工作的二姑丈,平日里不轻易敲开二姑丈单位里的家门。

　　二姑先想到了村主任。二姑说:"村主任你得管管我们家那个死佬,他在外头当干部当得清闲了,养上别的女人了。"二姑想到自己一人在家里干劳力,男人的活女人的活一个肩膀扛着,便呜呜地哭了起来。村主任在赶鸭,叼着烟头听了,半天后才说:"两口子的事情,都忍着点,忍着点啊。再说了,他是单位里的

人,不有单位管着的吗？你咸吃萝卜淡操哪门子心哟。"村主任说着,把长长的鞭子对着鸭屁股横扫过去,"吁,快点走哟!"二姑知晓村主任这是在赶她走。

二姑这回是跟自己倔上了,她就不信普天之下没有说理的地方。二姑冲进二姑丈工作的单位。二姑找到了办公室,一位肚腩凸得像大鼓的男人在喝茶。二姑说:"领导,你们单位里的人养野女人,你们管还是不管?"胖男人啜着茶,漫不经心地听着。突然,胖男人嗤嗤地笑了:"这位大嫂啊,病急也不能乱投医,我们是行政单位,行政单位管什么的懂不？这事不归我们管。"

"你们单位不管谁管？"二姑到底弄不懂行政单位是管什么的,愣在那里。胖男人的眼睛转移到报纸上,专心致志地看起来。

见二姑扎在门口不走,胖男人递过来一句话:"如今这种事,多到天上去了,谁管得了那么多？别费神了。要告人嘛,到法院去。"

二姑站在法院的门口。法院的门口,两只石狮子瞪着铜铃大的眼睛,石狮子的旁边,坐着几个人。二姑刚坐下,门口出来一个穿制服的人。二姑急忙迎上去,说:"我想告状。"穿制服的说:"告谁?"听二姑说了几句,穿制服的摆摆手,说:"要想离婚呢,先回到村里写好离婚起诉书再来。"说着,他就赶人了。

二姑听得真切,心想原来绕来绕去,还是要绕回村里解决。

路边的高粱已经熟透,红得像燃烧的火一样,蓬蓬勃勃地从坡下烧到坡顶,风里夹着庄稼成熟的甜润气。

重建感觉

我也说不清自己怎么患上了感觉枯竭症。我只知道自己一些感觉在日渐变得麻木,哭的感觉几乎为零。

现在,我得上一趟医院。我戴上墨镜,把衣领立起,坐进车里。我要去医科大附院补充感觉,我不希望遇上任何熟人。补充感觉在当今不过是件稀松平常的事儿,不过,就像去看心理医生或性病专家,你总不会希望路人皆知吧。

我这是头一次到医院里补充感觉,但经过网上搜索,我发现补充感觉的大致程序和看普通的病差不多:先到门诊部刷卡挂感觉科的号,排上号了就按指示牌的指引来到感觉科诊室,跟医生说出你的病状,医生就会判定你属于哪种感觉缺乏症,就会像开药方一样给你下单。接过单子,你需要到一个类似充气站的房间里,到那里充一充,你原先缺乏的感觉就重建了。

医生用一种职业的口吻对我说:"你目前缺乏多种感觉,是要全补还是单补?"

"我只需要补充哭的感觉。"我说。

我发现我没有哭的功能,那是一年以前的事了。当时我不是太在意,反正我觉得生活也不太需要哭这种东西。

我在信访办工作,我始终要求自己对来访群众进行微笑服务,见到每一个来访者尤其是带着闹事性质的要微笑,微笑时候要露出八颗牙,我要自己做到不偷工减料。后来,我发现自己光

会笑,泪腺严重萎缩,哭的感觉随之没有了。

今天,我必须得哭。有些场合,我不能笑着,这不,我到医院里来了。

排号的人不少。我的前面大概有30来号人吧。坐在我旁边的是一个穿着黑大衣的人,黑衣人不时地抬头看看叫号的大屏幕,屏幕上号码变化得太慢了,我也变得焦急不安起来。

"你是缺乏哪种感觉?"黑衣人朝我粲然一笑。

"我就发现我不会哭,你呢?"闲着也是闲着,我索性和黑衣人闲聊起来。

"我也是不会哭,我们是病友啊,我半年左右都要来补充一回,老毛病了。"黑衣人说。

"我这是第一次补充感觉,说实话,感觉这玩意儿平时也不大用得着。"我差点想把补充哭的原因告诉这个陌生人,后来我想想,及时地住嘴了——有必要告诉这个只有一面之交的人么?

黑衣人接了个电话,关上手机时,他又朝我粲然一笑,说:"本来我打算补充哭的,现在不需要了。今天得到上司的父亲过世的消息是假的,这样,我也没有必要补充哭了。"黑衣人的心情挺不错,他颇友好把他的排队号递到我的手上,"我的号远远排在你的前面,丢了也浪费,把我的号卖给你?"

我得在中午前补充到哭的感觉,于是,我便接受了这笔交易。黑衣人开了个不菲的价,我没太多犹豫就买下了他的号。

我很快补充了500升的感觉。哭的感觉回来之后,我想到了刚才和黑衣人交易的那一幕,心里隐隐作痛起来,想哭,刚才怎么稀里糊涂地就上了黄牛党的船。

我现在也无暇顾及这些了,不能在这些事情上纠结,我的感觉本来就很有限。

我之前已经算过,这金贵的500升的感觉只能维持一个小时左右,刚好够我此趟出行的开销,不容我再浪费。

我得火速赶往一个遭遇黑雨突袭的灾区采信取证。我怎么也没有料到,下午去灾区时,我哭得稀里哗啦。奶奶的,第一次补充哭,想不到药力有这么大,我哭得比当事人还悲痛欲绝,这是我始料未及的。让我尴尬的是,在黑雨污染区生活的人,他们的眼泪是黑的,而我流的眼泪,像机油一样,黄黄的。

有利的平顶楼

有利的泥瓦屋老了。老了的泥瓦屋缩在杨大的双层平顶楼房旁,灰头土脸的。

有利的老婆红叶每天从屋檐下进出,抬头望着人家的平顶楼,眼里满是羡慕:"咱也要盖平顶楼!"

要盖平顶楼!有利揣着这个理想,开始到城里的建筑工地上打工。有了理想,有利对自己也悭吝起来,抽了多年的烟戒掉了,每天三餐只吃两顿。

有利年底回到家,才晓得红叶也跑到村外的工地上打零工了,帮工地煮饭。那工地是包工头杨大负责的,杨大是什么人,有利能不知道?有利劝红叶:"你就别自己去找苦头吃了,杨大能给你好果子吃?"红叶说:"我不出去找活路,我们的平顶楼哪年能立起来?你别多心,我人走得正,不怕影子歪。"两人说着说着,竟吵起来了,年过得没滋没味。年后,红叶索性把铺盖都搬出

去,搬到工地去住了,说是要打两份工。

红叶搬出去后,有利的心像被谁咬去了一块,整个人都蔫巴了,工也不打了,整天灌醉自己。一次酒后走山路,有利把一条腿给摔伤了。

伤腿好了以后,有利像换了一个人似的,变得格外勤快起来。有利见人就说:"要盖起黄泥村一栋最高的楼房,三层!"有利用手比画着。没人相信有利,但每天天还没大亮,就看见有利爬到后山上,打石头,扛木材。石头和木材像两座小山,堆在后山脚下。

有利要用行动证明给红叶看,他有利也能盖楼,还要盖比杨大家高一层的楼。有利还放出话来:"等楼房盖起,我就不信红叶不卷着铺盖从工地上回来。"

事情出在一个雨后的傍晚。有利堆放在后山脚下的木头轰然垮塌,木头滚到路上,一根木头把杨大的一条有名有姓的狗给压在下面,狗还没来得及叫唤就一命呜呼了。

杨大从工地回来,看到有利正在拖自己的狗儿阿欢。阿欢满身是血,有一条腿还不见了。

杨大的摩托车嘎吱停下来,他叼着烟下了车,对有利说:"怎么搞的,有利?"有利嘴唇白了,僵直着身子站在那里,话都说不出来了。阿欢不是一般的狗,很贵重的狗,有利是听说过的。

"难怪早上阿欢牛奶也不喝了,还跳上车要跟我上工地——阿欢,想来你是有预感的,要是我带你上工地就好了。"杨大狠吸了一口烟,扔下一句话,"有利,你也知道阿欢是通人性的狗,不是一般的狗,现在你看该怎么办就怎么办吧。"有利木在那里,一言不发。

杨大又吸了一口烟,对有利的沉默表示极大的不满:"赔钱我还不定稀罕呢。"有利的两条腿,不知怎么的就软了。有利跪在那摊血的旁边,狗血洇了有利一膝盖。

杨大吸第三口烟的时候,脸上突然转出了笑意:"算了算了,有利,咱乡亲近邻的,你也别这样,这样我杨大就看不下去了。"有利像没有听见一般。

杨大笑着说:"这样吧,你也知道我好赌,我愿意跟你赌一把,赌个新鲜的,你有利要是一年里能不说一句话,就算你赢,就当你为阿欢默哀一年,这赔偿的钱我就不要了;要是你说话了,照价赔。"有利画了押,同意了。

从那天起,有利开始自己封口,每天不吭声。

这天,有利在砌墙。杨大剔着牙过来了,杨大开口就笑:"有利,墙头都砌得这么高了?"有利转过身子,把杨大晒在一边,心想杨大这狡猾的笑面狐狸,谁知道他安的什么心呢。只要自己哼一声,他杨大就得逞了。

杨大来过几回,见有利不吭一声,觉得自己的计策英明,在工地里对红叶说话,变得轻薄起来。

一次酒后,杨大趁着酒意闯进红叶住的工棚里,满嘴喷着酒气:"嘿嘿,有利被我控制住了,不信?我们那样,你看他敢吭一声不?"说着就伸手摸红叶的脸。红叶啐了杨大一口,说:"我家有利是什么人我不知道?"杨大见红叶一副宁死不从的样子,便添油加醋地把事情的前后都说了一遍。说罢,他借着酒胆就动手动脚,幸而红叶操起了扫把。当晚,红叶就赶回了家。

红叶走进家门,有利只顾埋着头,不作声。

红叶和有利说什么话,有利都不理不睬。红叶扯着有利的耳朵,说:"有利,有利!杨大说你变聋变哑了,是真的?"有利不作声。

红叶说:"有利,你个软柿蛋!"有利不作声。

红叶摔了包,说:"钱,你拿着,该赔人家多少赔多少!"有利还是不作声。

"有利,啥时候都别作践自己。我就不信靠我们的双手,盖不起楼房!"红叶头也不回地走了。红叶没有去杨大的工地,谁也不知道红叶去哪了。

一年过去了,有利的平顶楼盖好了,三层,是黄泥村最高的房子。搬进新房那天,红叶还是没有回来,有利在空荡荡的新房里喝了很多酒,喝醉了的有利絮絮叨叨地喊:"红叶,红叶……"

第二天,人们看见有利的新房上了一把大锁——有利找红叶去了。

名牌效应

钱老板的建材店,开在经济开发区的一个三岔路口旁,坐落在繁华地段。钱老板把生意做得风生水起。

这一天是钱老板的宝贝儿子4周岁的生日,钱老板早就在海鲜楼预订了几大桌,准备好好地给儿子庆生。钱老板年过半百喜得子,把儿子当宝贝。钱老板看看店里没有顾客,打算拉了卷闸门,早点赶到海鲜楼。

正在这时,一个花裙女子走了进来。女子三十岁上下,肩挎一个黑包,脸上满是细细密密的汗珠子。女子进门就急匆匆地问:"老板,这里有这种品牌的涂料吗?"女子说着递上了一张小纸片。

钱老板在心里笑了,这女子,冲着名牌来的,一看就不是什么行家,真是一只自己送上门的肥羊!钱老板对女子说:"有现货,这可是牌子货,最好卖了。"女子用手机扫了二维码,确定是真货,便和钱老板谈起价钱来。钱老板急着要出门,便开了个高价,哪知高价非但没有把女子吓走,反而像是给女子吃了定心丸一样。女子说:"价钱可以接受,关键是要保证质量,还有,我们想现在就提货。"钱老板看肥羊这么容易宰,便顺水推舟,说:"我这里都是名牌货,保质保量,你放心!"说着,钱老板把女子带到仓库,让女子和仓库里的打工仔马强开单提货。

第二天,钱老板刚开店门,马强就带来了一个好消息,昨天出仓的那一大单货,货款都当场付清了。

这批货的价位,比平时的价位翻了一番。想想,要不是为了赶赴宝贝儿子的生日宴会,自己会开出这么高的价么?嘿,这大运,可都是宝贝儿子带来的。

这天,钱老板闲着没事,在门口摆起了茶具,茶还没饮上,老婆美凤的电话就打进来了:"老钱啊,儿子今天不知道怎么回事,浑身长起了红疙瘩,还直喊痒。"钱老板说:"那得赶紧上医院呀!"美凤说:"我们现在就在医院里,医生检查了,怀疑是药物过敏。"钱老板说:"我们最近没有给儿子服什么药,怎么会是药物过敏?"美凤说:"我也不知道,是不是食物过敏?"钱老板说:"吃海鲜十来天了,现在才过敏,不对!这几天吃的也是我们常吃的食品。过敏的情况太复杂了。别让儿子打抗生素,拿点涂的药膏回来。也别让儿子上幼儿园了,让他待在家里,好好观察、调理。"钱老板挂了电话,急匆匆地赶回家了。

钱老板看到儿子满身红肿,恨不得让疙瘩都转移到自己的身

上。好在儿子涂了药,没几天,红疙瘩消退了。

那天,美凤刚把儿子从幼儿园接回来,钱老板看到儿子的胳膊又长满了红疙瘩。钱老板指着儿子的手臂对美凤说:"你每天在家专门带孩子,怎么搞的?"美凤说:"我都很注意了,可是,他从幼儿园回来就这样。"美凤的话点醒了钱老板:"是不是问题就出在幼儿园那里?"美凤恍然大悟似的说:"对了,今天我去接孩子,在门口聊天的时候,有两三个家长说他们的孩子和我们的孩子一样,身上老长红疙瘩,还反反复复的,总治不好。"钱老板说:"有这样的事?""哼,我说呢,我们这么小心翼翼,儿子还过敏了,我看问题可能不在我们身上,而是在幼儿园那里。你看,儿子刚去幼儿园,回来浑身又长疙瘩了。"美凤说。

钱老板打算去幼儿园侦查一番。儿子上的这个幼儿园,可是天价的幼儿园,要真是出这样的事,那可是不能饶恕的。

借着带朋友参观幼儿园的机会,钱老板翻看了儿子的棉被,倒没发现什么黑心棉。钱老板又看了幼儿园饭堂,厨师们穿着规整,餐具正在消毒柜里消毒,看不出什么破绽来。

钱老板走到教室,一股怪味扑鼻而来,钱老板凭着非同寻常的嗅觉,很快就判断出来,这气味来自墙上刚画上去的卡通画,卡通画用的是墙漆的涂料,而这种涂料的气味,做建材家居装饰材料生意的钱老板嗅一嗅就知道。"难道……"钱老板心中正打着鼓,忽然一眼就看见了那天来自己店里买墙漆的女子。

原来,钱老板的装饰材料店也用上了潜规则,在店面摆的商品和仓库里的商品不一样,店面摆的是真正的名牌产品,都有合格证,而仓库里的商品不过是仿冒的次品。那天,女子在店面验货,在仓库提货,没想到……钱老板不敢再往下想了。

钱老板急忙转过身子,像逃跑一样离开了幼儿园。回到家里,钱老板把情况如实跟美凤说,要美凤马上给儿子转学。美凤瞪着眼睛说:"转学?那赞助费怎么办?"钱老板恍然记起,一年前为了让孩子挤进这所名牌幼儿园,交了好几万的赞助费呢,要是转学,那赞助费可就全打水漂了。

诱惑的味道

二伯父家院子的西头有棵橙子树。每到秋天,满树都挂着黄澄澄的果实,一树的诱惑,使得我们一帮孩子常常在他的院子外面流连。

顺着院子矮矮的石墙,我从这头走到那头,又从那头折回,如此往复。我不否认,橙子对我的诱惑实在太大。我几乎尝遍了村里每棵树的果子,唯独二伯父家的这棵橙子树,一个果都没有吃到过,甚至连叶片也没有摸过。二伯父的一家,把这棵橙子树看得很紧。这橙子看起来似乎有些与众不同呢,果子橙黄透亮,散发着诱人的光泽。可惜我只能在想象中品味它的甘甜与清香。

每每我想入非非的时候,二伯父的家门就会开一道缝,从里面伸出二伯父或二伯母的头,机警的眼光朝橙树这边扫了一圈,暗示着我们不可轻举妄动。事实上,我们纵然插翅也难以爬上那棵橙子树,树旁围着木栅栏,树干上还密匝匝地捆绑着荆条。何况,二伯父家门前那只黑瘦凶猛的老狗,仿佛扎了根,总不挪窝。

有一次,我终于等来了二伯父一家外出的好时机。我扛来了长长的竹竿,朝橙子树一阵乱打。我如愿以偿摘到了果子,没想

到，那果子酸得让我龇牙咧嘴，那滋味，真是刻骨铭心。后来我才知道，那根本不是橙子，而是柠檬——原来那是一棵柠檬树！说来也奇怪，这种酸溜溜的味道多年后一直铭记在我的心里，这是我最初记得的诱惑的味道。

在物质连同精神极度匮乏的童年里，诱惑人的东西当然不仅仅是那想象中的橙子。我曾朝思暮想地巴望着自己走出小村子，做一份领工资的工作。在儿时，那算是最大的诱惑了。

后来，我走出了小山村，过上了当年想象中的领工资的日子。身在都市，诱惑人的东西还有很多：票子、房子、车子……这些都是诱惑之果。

别以为诱惑之果遥不可及，它有时就在自己唾手可得的地方。我也不能免俗地一次次摘采过，一次次地品尝过诱惑的味道——而后才发现，它往往不是想象中的橙子的甜味，而是柠檬的酸味或别的味道。

那粗朴的课堂

学校旁的小山坡上，油桐花开得正热闹。一串串的花，被我们一摇，在风里变成一阵一阵粉白色的花雨，漫天飘洒。

玩疯了的我们，那时候就像风中的花瓣一样，满山野乱飞。黄老师什么时候站在油桐树下，我们全然不知。她吭哧吭哧地喘着粗气，招呼我们："上课了！上课了！"黄老师那时也就三十岁上下，两根又粗又长的辫子梳在脑后。她对人不凶，声音却能喊破天。

　　山里的学校没有铃,黄老师的话就是铃声了。她的话音刚落,我们就急忙从树上跳下来,纷纷跑进教室。她也三步并作两步地进了教室。

　　教室是生产队的柴草屋改造成的,四面透风。上着课,小虫子常常不请自来,在课堂里飞来飞去。那些粉白色的油桐花瓣儿,也随着风飘飘悠悠地飞进我们的课堂捣乱,落在我们的课本上,落在我们的掌心里。黄老师看着我们伸手去接花瓣,并不恼。有时候她甚至停下课,把窗台上的花瓣扫落,然后告诉我们,在普通话里,这个叫什么。每到这时,我们像小鸟雀一样叽叽喳喳,问这问那,课堂被我们搅成一锅粥,全乱了。

　　黄老师给我们讲课的内容,大多像那些花瓣一样,飘进岁月的泥土里,不见踪迹了。记得特别深的倒是她的菜园子。她用篱笆在油桐树下面的坡地圈了一块地,那便成了她课余常常去的菜园。巴掌大的菜园,她分成两畦,每畦杂着种各种菜,红辣椒、紫茄子、青豆角……热热闹闹地挤在里面。她只让我们站在坡上看,不让我们走到园子里面去。她说:"菜沾染了太多的人气,会长不大。要让它们自由自在地生根、长叶、开花、结果。"她还绕着篱笆墙在外面种上牵牛花、凤仙、染指甲花……没过多久,疏疏的篱笆被花的藤蔓围得严严实实的,成了一道五颜六色的墙。

　　有时,她刚从菜园子里出来,把高挽着的裤脚放下来,就招呼我们进教室了。她读起课文来,有点像唱歌,声音绵绵密密的,拉得特别长。有时候,正上着课,课堂里静静的,教室旁边的屋子里突然传来了哭声,哭声显得无比嘹亮,那一定是黄老师的娃睡醒了。黄老师站起来,心急火燎地直奔那边的小屋。不一会儿,她走进教室的时候,背上多了个襁褓,里面是她的娃。有段日子,黄

老师在给我们上课的时候,都背着她的娃。那娃还小,在她的背上跟我们一同上课。每每在黄老师逶迤的读书声中,杂进娃的几声闹,黄老师得放下书本,拍着娃,哄着他入睡。一开始,我们一听见她娃的哭声就忍不住要笑,后来,习以为常了,我们有时也和黄老师一起哄娃,她的娃居然渐渐适应了课堂,不哭了。那时,她就是这样一边背着娃一边给我们讲课的。

冬天说来就来了,山风把梧桐树的叶子剃得光溜溜的,只剩下铁一样的枝干。风在我们教室门外嘶吼。

衣着单薄的我,缩着脖子,嘴里哈着白气,抖着声音直叫:"冷——啊!"一时间,大家像受了传染一般,叫冷的声音此起彼伏,灌满了教室。

黄老师就在那时候进的教室。她看看我们,一愣,转身回去了。我们面面相觑,我心中多少有些忐忑,刚才的叫冷声,是不是又把她给气跑了?

黄老师在教室门口出现的时候,两手捧着个缺口的米缸。缸里的炭火烧得灼灼地红,她把缸放在教室的中间,教室里变得暖融融的。她叫我们围着缸坐好,而她呢,拿着一本书站在我们的身后,开始用唱歌一样的声音,教我们读书。到现在,我还记得那节课的情景,我们学得特别卖劲儿,我们像一群斗志昂扬的大鹅,个个伸长脖子,抖擞着精神,扯着嗓子跟着她读着,那声音,仿佛能把教室的顶棚掀翻呢。

那声音,它有穿透时空的力量,还响在今天,响在我的记忆里。

如今的我,也走上了讲台,平时也常常要深入课堂听课,现在的课堂是越来越规范化了。老师的着装、教态、说话的语调等都要合乎规范。对学生的要求,更有严格的统一的标准。

有时候上着课,看着端坐的孩子们,看着他们一律标准的坐姿,看着他们摆放得整齐划一的手,看着他们高度一致的举手发言的动作,我在感叹高度的规范化把人变成机器的同时,思绪会自然而然地飞到梧桐树下的课堂里……

梧桐树下的课堂,会带着生活原汁原味的气息,扑面而来——那种如同泥土一样粗朴的课堂,曾给我的生命以最自由的姿态扎根、生长。

一条狗的路线和伤口

一

大头捡了根树枝,蛰在杨树坡的沟坎旁,耐心等候。大头早些时候就摸透了规律,等到了村里掌灯时分,村主任家的狗必从坡上经过。到时,大头从沟坎旁斜刺里冲出去,给那条狗狠狠地来两下子。

村主任家的狗,叫大虎,肥头大耳的,长得不像狗,倒是像狮子,有半堵墙那么高。那天,大头要去村主任家签字,远远地看着那半堵墙,没敢进去。说实话,没敢进去的主要原因还是大头的手里头没提东西,没提东西,心中的底气就不足,底气不足就没来由地怕那堵墙。

大头回到家里,巧梅知道宅基地还没签字,酸酸地笑大头:"没用的东西,中央都抓贪腐了,现在办事还兴拿东西?"

大头说："那你去呀,你怎么就不去?"

巧梅就噌噌地去了,回来时,右手拇指淌着血。

大头心疼地问巧梅:"手怎么了?"

巧梅龇着牙说:"主任家的狗咬了,唉,别声张。"

大头用摩托车驮着巧梅,不声不响地去卫生院打了狂犬疫苗。

大头发誓,要给村主任家的狗点颜色瞧瞧。

村里上灯了,村主任家的狗没从坡上下来。

灯盏密密地亮了,村主任家的狗还没从坡上下来。

瘸腿的阿四倒是从坡上下来了,阿四的腿,也是被村主任家的狗咬瘸的,村主任赔了大笔的钱,阿四还是不放过村主任家的狗,见一次,打一次。阿四见到大头,说:"你不会也是在等那条狗吧?"

大头没说是,也没说不是。

阿四说:"别等了,新的规定下来后,村主任他们喝酒吃饭的地方改了,不再去坡那边的野味店,改在更偏僻的农家乐河鲜店了。那狗,现在也不走这条路线了。走,跟我到农家乐那边去。"

二

今晚的这场酒,在一个偏僻的农家乐进行。

村主任从农家乐回来,天已经黑透了。风凉飕飕的,直往人的脖子里钻。

村主任走路有些摇晃,摇着晃着往前走。

突然,两只大手扶住了村主任的肩头。

村主任顺着那两只手看上去,眼睛顿时睁大了:"咦,赵大脖子,你怎么会在这里?"

"我怎么不在这里,这里是你亲自批给我的宅基地呢。"赵大脖子说。

村主任迷迷糊糊地想起来了,自己是给赵大脖子家批了宅基地。

赵大脖子是外来户,早年在山脚下支了个茅棚,一家几口子就住了下来。一开始,都以为那一家子是栽果种树来看场子的,没想到住着住着就住了十数年。

这期间,赵大脖子找了村主任好几次,说是要办宅基地。

村主任说:"你外来户办下了宅基地,村里人不把我砍死?"

赵大脖子说:"不办宅基地,几个孩子都成黑户了,上不了学。"

村主任说:"上不了学,那是学校的事。我管得了这么宽?"

赵大脖子拿出了袋子里的东西,几大挂腊肉。

村主任推推搡搡地把赵大脖子推到门外。有些原则,该讲究还得讲究不是?

赵大脖子后面一次来找村主任,喝得脸红红的,手里提着斧子。幸好,村主任家里的大虎把赵大脖子逐了出去。

再后来,赵大脖子不知怎么的把自己吊到了枫树上。绳子卡住了他的脖子,村主任叫人费了好些时辰才把人解下来,解下来时,人早就断了气。

村主任连夜召集人马开了会,当夜破例给赵大脖子家批了一块宅基地。

赵大脖子一家后来住进了新房,和村里人倒也相安无事。

只不过,赵大脖子自己住进了荒坡旁的一块坟地里。

村主任此后梦里也没见过赵大脖子一回。今夜怎么偏偏撞上了?

村主任说:"赵大脖子,你……找我有什么事?宅基地不是批给你们家了么?"

赵大脖子说:"我得谢谢你,谢谢你给我们家批了宅基地。"

村主任说:"谢什么谢,这是我应该做的。大虎!"

大虎嗷嗷地叫着扑了过去。

斜刺里,伸出两根粗大的棍子,朝着大虎直戳过去。

大虎呜呜地退下阵来。

村主任后来酒醒了,村主任想,赵大脖子不是早去阎王那里报到了嘛,昨晚遇见赵大脖子的事,是假的无疑——可是,大虎脖子上的那两个弹孔大的伤口,又分明挂在那里,这又怎么解释呢?

等于号变形记

一

我是马小马试卷上的等于号。这会儿,马小马一定恨死我了。

马小马这时正背着书包往家里走,书包里的试卷让他的脚步变慢了。

那是一张数学试卷,试卷上鲜红的"99"像两条泥鳅,在马小马的头脑里钻来钻去。99不到100,这让马小马觉得家中会有一场小小的灾难在等着他。这小灾难嘛,要么是不能出去玩,要么是别的惩罚,比如,罚抄啦,罚背啦,总之都是做和学习有关的事,这在马小马看来,是场不小的灾难了。

我正是试卷上害马小马没得到 100 分的等于号。你们也都认识我,我容易记,就两条横道道嘛。马小马考试那时想也没想,他拿起笔,唰唰就把我写出来。马小马写我的时候,喜欢把我变成各种样子,有像眉毛的,有像弯月的,有像卧蚕的,还有像皱纹的,各种各样,奇趣无穷。马小马最喜欢让我的尾巴微微向上翘起,我也很喜欢自己那个若行若飞的神气样子。马小马歪着脑袋看了我一眼,又埋头往下写了。

我仔细端详着自己,嘿嘿,马小马今天没有用尺子把我框在方格里。我变成了一个有灵性的小精灵,舒展着筋骨,在他的试卷上嬉戏跳跃。我觉得今天的自己和往常平直古板的自己有些不同,样子挺有趣——美术书上的艺术字,不就是这样的吗?

艺术字只是我一厢情愿自以为是的想法,黄老师可不这么看。

二

发试卷前,黄老师一脸严肃地把教室扫了一遍,然后说,这次考试的成绩不太理想,最高分才 99 分,没有满分!说完,黄老师的眼光,意味深长地停在马小马的脸上。

马小马急忙低埋下头,把试卷仔细看了一遍。他看见了正在伸胳膊蹬腿的我,又看见黄老师在我的旁边打了个醒目的"×"。

马小马的心中起了个问号。老师,这不是对的吗?

黄老师的手指笃笃敲在试卷上,说,这是等于号吗?这种龙飞凤舞的等于号不规范,不能叫等于号。等于号怎么写?要平,要直,规矩严整,这才叫等于号。像这类错误不应该出现在一个

优等生的试卷上。

　　黄老师在马小马的身上寄予厚望呢。黄老师皱起眉头,说,平时我是怎么教你写等于号的?

　　要用上尺子。马小马说。

　　这就对了!黄老师说。

　　黄老师已经走上了讲台。黄老师对全班同学说,写等于号要用上尺子,我一贯这样要求,这样画出来的等于号才标准,让改试卷的老师觉得无懈可击。下回,不管是谁,让我看出不用尺子的,一律打"×"。黄老师还表扬了一些用尺子画等于号的同学,这里面当然没有马小马。

三

　　晚上,马小马要妈妈给试卷签字。妈妈看到试卷上的"99",眉头一蹙,眼睛瞪大了,怎么回事?没得满分!

　　妈妈的眼睛停留在试卷的"×"上,脸色变得严肃起来。

　　妈妈说,这里为什么被扣分?

　　马小马小声说,没有写好。

　　妈妈说,什么没有写好,讲话要清楚完整,都跟你说多少遍了。

　　马小马只好一字一顿地说,我没有按老师的要求用尺子画等于号,结果把等于号画歪了。

　　妈妈说,那以后怎么办?

　　马小马说,以后我按老师的要求用尺子画等于号。

　　妈妈不放心地问,你到底记住了没有?

　　记住了。

妈妈拿来了尺子和练习本,放在马小马的面前,说光记住没有用,你要把等于号画 100 遍。

　　马小马叹了一声,拿起了笔。我朝马小马扮了个鬼脸,说,幸好我笔画简单,要不你今晚画一个晚上都没完。

　　马小马木然地看着我,开始用尺子工工整整地画起来。

　　一个,两个,三个……马小马把我千篇一律地定在方格子里。

四

　　后来,马小马长大了,长大了的马小马不用尺子就能把我平平整整地定格在方框里。

　　再后来,马小马成了流水线上的一名工人,他每天机械地操作着机器。

　　已经退休的马小马腿上抱着孙子,调皮可爱的孙子用小手在他的脸上比画着,指着笑说,看呀,等于号!爷爷的额头上画满了等于号!

　　马小马摸摸额头,可不,额头上爬满皱纹喽。

　　可是,马小马仿佛不记得我似的,他纠正道,这不是等于号,是皱纹。

雨夜之曲

夜渐深，街头已经失去了往时的喧嚣。

天空零星地飘起了小雨，几棵菠萝蜜树在灯光下瑟瑟发抖。他把衣领竖起来，寒气还是肆无忌惮地侵袭着他。

房租已经到期，房东前几天就给他下达了最后通牒，今天新客人如期搬进来，他不得不搬离出租房。他已经没有了蜗居的窝点，这寒冷的秋夜，他打算上半夜在夜市的摊点上消耗，代价是一碗粥外加两瓶啤酒的钱。下半夜呢，火车站的候车室是可以接纳他的吧。明天，他将不得不离开这座城市，回老家瓦县。偌大的城市，找不到一份属于自己的工作，说起来真是丢人。

"哥，听支曲子吧？"一个小脑袋伸了过来，比烧烤摊的桌子高不了多少。"小脑袋"抱着一把木吉他，蓬松着头发，一看就是一个卖艺的，是夜市摊点边常见的那种流浪艺人。他注意到，这位艺人的打扮有些过于隆重了，居然穿着一件拖着长尾巴的燕尾服。

"随便吧。"他说，他很奇怪自己会说出这样的话。兜里的钱买了回瓦县的火车票后所剩无几。从这座城市到瓦县，坐普快要8个小时，这8个小时，至少得消费一碗泡面吧，火车上的泡面，5块钱一碗，这么一算，他兜里的钱只多出15块。15块，拿来愉悦视听，显然不是他内心的想法，但话已出口，他不打算收回了。在这冷寂的午夜的街头，也许还真需要找个说话的人。

吉他的声音,像秋天的落叶一样飘飘摇摇的,听得他毫无心绪。他拿出一块钱,说:"走吧,你不用再弹了。"

"小脑袋"说:"哥,我还是弹得不好,要不,换支曲子?"

"不用,你到别处去吧,多找几个人,兴许多挣一点呢。"

"小脑袋"收起了钱,说:"但我收了你的钱,要弹的,你不愿听,我到那边去弹吧。"

他愕然。这个小小的男孩,居然给自己投了坚持弹下去的票!

"小脑袋"退到了菠萝蜜树下,弹的是另一支曲子《天空之城》。这是一支吉他独奏曲,还在大学里读书时,在一个晚会上,他曾和一帮同学富有创意地用器乐合奏。那时候,连上天揽月的胆子都有。后来,忙于学业和找工作,他放弃了音乐。

一曲终了,他忽然想到该给"小脑袋"补点钱。至少,"小脑袋"蹩脚的音乐,把自己拉到了壮志凌云的读书时代,也给了自己另一种想法——他忽然不想离开了,他想,当初一起合奏《天空之城》的七个人当中,该有一个会接自己的电话吧?待他回头看,"小脑袋"不见了,但男孩蹩脚的音乐却停驻在他的脑子里。

天明时,他果然拨通了一个同学的电话,聊到了他们合奏的岁月,两人相谈甚欢。

后来的事情如他所愿,他在同学那里寄居了一个多月,找到了属于自己的工作。三年后,他升职了。

他常跟新入职的员工讲上面的故事。他说,你也许就像那男孩的曲子和燕尾服一样不入流和蹩脚,但谁也无法阻止你的坚持。

蹲下来看到的世界

张为民上完了课,把书本往桌面上一放,走到办公室隔壁的洗手间,把手伸到水龙头下,水在他的十指间哗哗地洒下,指间的粉笔灰瞬间被冲得一干二净。这是他一天中最难得的放松时刻,最清静的时刻,也是最珍贵的享受时刻。

张为民正在享受水给他带来的美妙感受,嘈杂的声音从卫生间的门口一拥而入,张老师,李勇和张正改不见了!

我知道了,你们先去上课。张为民说着急忙拧上水龙头,甩着湿淋淋的手出了卫生间。

刚才上课前,张为民的心绪还挺高的。哪知走到教室门口,里面乱哄哄的一片,有人喊,打架了,李勇和张正改打架了!

这两人,一对斗鸡。张为民把两只掐架的小公鸡分开,斥道,站到一边去,不要影响大家上课。

两个小冤家看到他们的老师发怒了,乖乖地站在教室的门口。那一节课,纪律出奇地好,张为民的课上得顺风顺水。

下了课,张为民像往常一样抱着教科书回到办公室,居然把那对冤家打架的事给忘了。现在倒好了,他们玩起了失踪的游戏!得找到这对冤家揍一顿!

楼梯的拐角是最容易藏身的地方。张为民沿着楼梯往上走,一直走到四楼,每到一个楼梯口,张为民都要做出不经意的样子,把楼梯的拐角检查一遍,走完了四层楼,影子都不见一个。

操场上，有个班在上体育课。张为民站在二楼的走廊上，居高临下，把下面的人扫视了一遍，没有他要找的人。

张为民再次走进洗手间。洗手间里，一到三楼的厕间都是大门洞开。走到四楼的洗手间，张为民一眼扫过去，有两间关了门。张为民把目标锁定在这两个门里。

张为民伸出手要敲门，这个念头瞬间就被自己给否定了。他赶紧把手缩回，故意走到水龙头旁，静观门里的动静。

他听见咳儿的一声。随着咳儿的一声，里面传出一个声音，昨晚的新闻，你有没有看到，也不知道是哪个学校，老师把学生罚出教室，结果，那学生翻墙出校门，发现的时候，是在一条水沟里，人都死了。

另一个声音说，唉，现在的孩子，很难走进他们心里。你骂不起，罚不起，打不起，真不知道怎么回事。

张为民听得心里一紧，刚才的愤怒顿时化作了焦躁——他们能到哪里去呢？

张为民这才看到水龙头根本没开，他猛地拧开水龙头，水哗哗地泼洒在瓷砖水槽上，溅起的水珠洒了一脚。

张为民走出洗手间，下课铃响起。无数的学生踩着铃声来到了操场上，操场上顿时热闹起来。处处是人声，处处是人影，张为民搜寻的目标变得模糊，暂时失去了方向。

到了校长室的门口，张为民斜眼往里面探了探，没有他要找的人！脚步不觉跨过了校长室的门口。校长从身后叫住了他，张老师，我正要找你。

张为民的心里咯噔一下。

校长说，刚才有个学生来报告，说你们班有两个学生不上课，跑到小桃林那边去玩。你去那边看看。

桃树下，两个小冤家早已冰释前嫌，都埋着头，在挖着什么。他俩都向前伸着头，两个小脑袋都快顶在一起了。刚才的争吵、打架，老师的批评，早已被他俩忘在脑后，他们的眼里，只有一个趣味盎然的蚂蚁王国，他们共同的乐园。

蹲下来，张为民第一次觉得自己离孩子这么近，他不觉伸出双手，一左一右地搭在两个小朋友的肩膀上。

红箱子里的秘密

奶奶的嫁妆被抬进我们陈府，八大口桐油漆的红木箱一溜儿排开着，很是体面。

主事的用手在每个箱面上摩挲，赞道，啧，黄花梨木呢，果真不同一般。

传说黄花梨木箱底的压箱宝物，是个稀罕的玉扣儿。玉扣儿是祖传下来的，是护身符。奶奶是家中独女，就这样，那稀罕物件随着奶奶进了我们老陈家。

道贺的亲人相继散去后，爷爷忍不住要亲眼看那稀罕的玉扣儿。

奶奶扑哧笑了，扭着细腰，从红箱子里取出了一个木匣子，爷爷的眼睛顿时亮了。随后，奶奶把木匣子放进箱底，关上箱子，还上了一把梅花锁。此后，除了爷爷，竟没有第二个人能看到它。

那年，天大旱，奶奶站在豁着口子的地里望着天。我们老陈家拖着十几口的人丁，日子变得难熬，锅里的菜糊糊稀得能照见人影。到后来,锅冒底了,晒出了斑斑的锈迹。人饿得眼睛都发绿。

我奶奶走出家门,来到村主任家。

村主任看见我奶奶手里瘪空的袋子,早看出是怎么回事。他两手一摊,说:"嫂子,眼下是青黄不接的时候,哪家还不是一个样?我们家眼看稀的也喝不上了。"

奶奶默不作声地把木匣子放在村主任家的八仙桌上,坐下。

村主任看到木匣子,知道是非同小可的东西,反倒不好意思起来。

奶奶说:"我们家十几口人的命,都押在这玉扣儿上了。粮食,能借一瓢是一瓢,收了玉米定还上。"村主任的脸由白转红,从床底下的大缸里舀出一瓢玉米面,说:"嫂子你说的什么话呢,你对德子的恩德,我们怎敢忘?这么金贵的物件,我们看都不敢多看一眼哟,快收起来,玉米面拿回去就是。"

奶奶是救过村主任的二崽德子一命的。那时德子在沟边饮牛,不知怎么的踩中了地蜂窝,德子的头被地蜂蜇得比笸箩还大。在沟边割草的奶奶撂下手中的镰刀,点起草火把驱散了地蜂,抱起德子,用奶孩子的乳水给德子涂抹了,德子这才缓过气来。

该是玉扣儿或是奶奶的恩德打动了村主任吧,我奶奶借回的那一瓢玉米面,让家里的炊火又续了起来。玉米面拌着野菜煮的稀糊,让我们老陈一家老小度过了饥荒。

装着玉扣儿的木匣子,被奶奶锁进了岁月里。

那时候,我的堂哥是一个什么帮派的头头。奶奶的那块玉扣儿让堂哥的斗争矛头有了目标。堂哥想方设法地要套出那块玉扣儿。

"你等着!"奶奶说着就进屋,拿出来的却是一把锤子。我们

瞪着眼睛看着匣子里那块传说中的宝贝,真不敢相信,它是这样的暗淡,简直就是一粒扣子呢。

我们正叽叽喳喳地争看那稀罕东西,奶奶拿过玉扣儿,放在石阶上,手起锤落,那块玉扣儿眨眼间变成了锤子底下的碎片。

我们呆了眼,堂哥也目瞪口呆,等他伸手要抓证据的时候,玉扣儿已经变成碎片了。

奶奶笑笑,对堂哥说:"什么玉扣儿!都是假的,假的!"

一番话说得堂哥面红耳赤,不敢作声。

奶奶90岁那年无疾而终。

奶奶的那些木箱当的当,卖的卖,只剩下一口装随身衣物的箱子了。那口褪了色的红木箱摆在堂屋里,伯父当众打开了那把梅花锁。

木匣子还在。

提起那块玉扣儿,有人说,那玉扣儿本就是假的,若是真的,奶奶能轻易为一瓢玉米面押出去?又哪里舍得一锤砸了?

也有人说,那玉扣儿是真的,正因为是真的,一生精明的奶奶才一手把它给砸了。

彷徨在十八岁的路口

那年高考,我落榜了。

我说,我要复读。

爹说,别净做登天梦了,咱祖祖辈辈没出过文曲星,踏踏实实地找个活路才是正事。

我咬咬牙,我要读书。

娘叹了口气,供你供到毕业,你爹都脱几层皮了,要怨就怨我这身体,唉……

听到娘的咳嗽声,我心里那股熊熊烧着的火一下子就暗了下来。

家附近有个铜矿,听说铜矿在招矿工,我报了名。别的人都纷纷进矿里了,我的事还是杳无音信。

爹说,要不,去找李向东,兴许她能帮忙。在矿上找到工,如同找到了一个铁饭碗呢。

娘说,多年不来往,人家会认我们?

爹说,瞎撞呗,城里人,发个话,比我们说一百句都管用,听说李向东还升了商业局局长呢。

找李向东,是我们家每每陷入困顿时的一种理想化的想法。哥被拖拉机撞瘸了腿那年,想讨个说法,爹和娘就想过要动用李向东这不同寻常的关系,后来没敢找。

李向东当知青下乡那会儿,借住在我们家的偏屋里。李向东刚住进来的时候,脸色惨白,瘦得只剩骨架。爹那时是生产队的队长,派活时没少给李向东那么点照顾。李向东准备回城那会儿,眼睛红红地对我爹娘说了不少感激的话。李向东回城后,还给我们家捎过两回东西,我爹也顺势回送了山货。

有了这么一层关系,李向东就如同我们家仅有的一小笔存款,不是非比寻常的时候,是绝不动用的。如今,事关重大,爹和娘都认定是该求贵人出山的时候了。

我闷头闷脑地坐在灶间,仿佛,爹和娘说的是他们的事,和我毫不相干。那个声音顽固地在我的心底上下翻腾,我要读书!

娘往尼龙袋里装了大半袋的板栗,掂了掂,又往里面塞了两把干笋。

爹把袋子搭在我的肩上,拍了拍,说,进了人家门,要多说两句话,别怕丑。

商业局在一个矮坡顶上,上了矮坡,右手边是个绿漆的大门,我前脚刚探进门里,又忙收回来。抬头再看白底黑字的牌牌上确有"商业局"几个大字,我才又一脚迈进去。

站在商业局的大楼下,我的脚步不知该迈向哪里了。靠在水泥墙边上的袋子,不知怎么的松了线缝儿,板栗虚虚实实地挤着头向外张望,像一个个丑陋无比的脑袋。

挨着高墙边站了一会儿,我觉得自己的身子在一寸一寸地矮下去,低头看到自己断了帮的鞋子,脚变得更重了。我搓着汗涔涔的手,往里张望,看见里面出来一个人,我想上去问路,但喉咙里像是塞进了一团棉花,话怎么也出不了口。

站了不知多久,一个大爷模样的人走出来,我狠狠地吞了口干涩的唾沫,走上前去,吞吞吐吐地道,大爷……

大爷上下打量了我一会儿,眼睛落在我身边的尼龙袋子上。

板栗,新摘的板栗,大爷,您要的话,可以便宜卖。大爷,我这是换学费。刚才堵在喉咙里的话突然变顺了,我也被自己的话吓了一跳。

大爷看看我,指着袋子说,扛到四楼,二十块,行不?

我重重地点了点头。

攥着二十块钱,我心底的那团火又燃烧起来。我像是听到了什么召唤,如同以前每次上学一样,沿着上学的那条泥路往前走。

教语文的王老师看到我,说,补习班报名只剩最后一天了,你来得正巧。

我终于敢走进自己想去的地方！我给自己交了学费，兜里还剩三块六毛票子，没敢花。

当我把三块六毛钱交给爹和娘并说交学费的事后，他们都抬起头，怔怔地看着我。

爹说，我娃崽长大了，自作主张了呢。

爹不再说什么，娘看着我的光脚板直抹眼泪，他们后来一致决定，用那三块六给我置一双鞋。

18岁的我，给自己买了一双蓝布皮子的青年鞋。换上青年鞋，我清楚地听见自己的脚下响着噔噔的脚步声。

毕业后，我工作的单位正好在县里的商业局。才知道，商业局的前任局长是叫李向东，但他和我当年要找的所谓贵人李向东，除了名字相同外，竟连性别都对不上号，他们是风马牛不相及的两个人。

荒　地

旺菊弯着腰，一刀一刀地割着苞谷地边上的飞机草。这飞机草，长得疯，不经用，当不了柴烧，拿来喂猪喂牛，猪牛都不吃。割下的飞机草，只能深埋、烧掉。

秋风里，旺菊家的苞谷，颗粒饱满，晒个三五天，就该归仓了。这时，要是不把苞谷地边上的飞机草斩除，苞谷一收下，地里一荒，飞机草就挤进地头了。

紧挨着旺菊家苞谷地的是海燕家的土地，海燕家的土地已荒

废了多年,飞机草在里面疯长。旺菊帮衬着烧过一两回,没多久,飞机草又齐齐地冒出头来,蓬蓬勃勃地又长了一地。地里没庄稼,能不长荒草?

海燕家那口子去深圳打工了。海燕开始还种地,后来,也和村里的一些女人一样,丢下地,整天守着麻将桌,赌。到了晚上,海燕偷偷地钻到二麻子的鱼塘小屋里。这个秘密,早就不是秘密。

旺菊问海燕:"地荒着,你不怕你家那个回来收拾你?"

海燕闪着眼睛,笑:"傻!有钱哪里买不到苞谷?干吗一定要自己种地?"

海燕有次掏心窝子和旺菊讲:"你傻啊,现在还有哪个像你,守着一亩三分苞谷地?守十辈子土地也守不出花儿来。"

旺菊说:"不种地,心里荒呢。"

旺菊家的男人,也在深圳的厂里打工。后来男人自己出来单干,租了地,专收破烂。

旺菊反对过男人说,放着好好的工资不领,倒腾什么破烂。

男人是见过世面的,说以后你就晓得了。

没过几年,男人还真是倒腾出了花样。听深圳回来的人说,旺菊的男人发了,他自己盘了一块地,生意是越做越大了。

旺菊从每月的生活费里也得到了证实,男人每个月往家里寄的钱多了。

旺菊每月都能从卡里领到一笔不小的生活费。这让旺菊的心里像蜜一样甜。男人是顾家的,赚了钱,想到的是寄家里。

有旺菊侍候着,旺菊家的土地可没有哪块荒过。苞谷收了,种下眉豆,收下眉豆,又该埋下红薯苗,旺菊总赶着季节,轮番下种,不让地里闲着,地里闲着,飞机草就冒头了。旺菊也不让自己闲着。闲下来的时候,旺菊会打男人的手机。近来,男人接手机的时候,总在忙。忙什么呢?旺菊问。忙生意呗,男人总是这么答。

后来旺菊再打手机,男人的手机老是关机。

"哟,人勤地生宝。"海燕地头那边的草一动,钻出一个人来。

旺菊抬头一看,是二麻子。

二麻子靠养鱼发了家,可人不是个东西。旺菊有次看海燕搓麻将,二麻子的身后突然长出一只手来,在旺菊的腿上捏了一把。

乍一看到二麻子,旺菊的脸没来由涨红起来:"你,来干吗?"

"来割鱼草不行么?你的草,肥嫩着呢,就不能送我一点?"

"算了吧,这飞机草,猪牛都不肯吃,能当鱼草?"

二麻子嘻地在脸上挤出一层笑,说:"菊呀,你是真不懂还是假不懂?"

旺菊抓一把飞机草,狠劲甩在地埂边上。

二麻子却伸手稳稳地接住旺菊甩出去的草,嗯啦地叫了一声:"甩得我心疼呢。来呀,还甩呀,来呀。"

旺菊只好停手。

二麻子把身子凑过来,热烘烘的嘴对着旺菊的耳朵,声音变得含混不清:"你男人快一年没有回来了吧?"

旺菊手里的飞机草,散落了一地。

"谁说?我一个电话就保准把他叫来!"旺菊摸出手机,嘀嘀嗒嗒地拨起号来。

"对不起,您拨打的电话已关机。对不起,您拨打的电话已关机。对不起……"

那一刻,苞谷地变得安静,静得能听到苞谷叶子沙啦沙啦的声音。

两只卓尔不群的羊

老舅从东山牵回了一对种羊。这是两只黑山羊,全身光滑、油亮,像是披着黑绸缎子一般。

老舅站在羊圈边上,看着这两只自己精心挑选来的优质品种羊,像是老师看着自己的得意门生,眼里放着光。

起初,那两只羊和我们本地羊泾渭分明地分开了一道三八线,警惕地依着墙角而立,和那些老住户们保持着相对安全的距离。本地羊并不识得什么三八线,它们仗着羊多势众,向这两个不速之客顶角示威。年轻气盛的黑公羊可不是好惹的,奋起反击,发了几次羊威后,本地羊们乖乖地给它们让出了半壁江山。

老舅在这对种羊的身上寄予厚望,给它们喂独食,豆饼、马铃薯拌的饲料每天轮换着喂,巴望着有朝一日它们生出一大群优质的小黑山羊来。

渐渐地,那两只羊变得毫无顾忌起来。它们就像两个大学生情侣一样形影不离,旁若无人地亲近。它们把整个羊圈当成了相亲相爱的领地,有哪只羊胆敢惊扰了它们的好事,黑公羊会毫不客气地用尖角问候它的肚皮。

圈养了些日子,老舅估摸着该让它们出去舒展舒展筋骨了。老舅让它们随着羊群进了山坳,头几天,它们和别的羊儿一样,早上出栏,日落时循着老路归栏。

老舅以为大可放心地放牧它们了,可是,它们竟双双私奔了——这当然只是我们的猜测。那天的情况大致是这样的,老舅把羊群赶进草儿丰美的鹰山坳里,让它们自由活动后,自己倒头回来忙活别的。傍晚,老舅进到山坳里,把羊群往回赶的当儿,发现那对情侣羊失踪了。老舅把山坳寻了个遍,哪里有它们的半点踪影?

老舅把羊群赶回了圈,起初也没太在意。先前也有过这样的先例,某只羊不归队,第二天,或者第三天,老舅把羊群的大部队赶到山坳里,掉队者自然而然就归队了。这就是山坳里放羊的好处,又不是茫茫草原,羊们能跑哪儿去呢?这回走失的是一对儿,顶多也就钻到哪里幽会去了,能跑得出山坳?再说了,老舅对它们可不薄,它们也没来由叛逃出走。

这回,老舅想错了。

第二天,那对情侣羊没回来。

第三天,那对情侣羊还是不见影儿。

两个月过去了,山上起秋风了,草大片大片地枯黄,山塘水也干涸了,山坳变得空荡荡的。老舅开始把羊儿圈养起来,不再把它们往山坳里赶。

那对儿情侣羊就在这个时候回来了。

早上,老舅在清理羊圈。那两只羊朝羊圈这边走来,它们一见到水槽里的水,再也顾不上旁的,吧唧吧唧地啜饮起来。

初见到这两只羊,老舅又惊又喜。它们比刚出走时高大了好些,只是毛色干枯,像秋天的茅草。老舅不动声色地坐着,两只羊的胆子渐渐地大了起来,心安理得地饮着水。老舅把水槽往里移动,它们也跟着一步一步地往里面移。

到了羊圈里,老舅突然站起来,把它们身后的羊圈门关上了。

老舅对我说,马上打电话叫你小舅他们来,说羊圈这边有情况。

小舅他们匆匆赶来了。

老舅叫小舅他们用绳子把那两只羊拴起来,吩咐道,叫镇里的何屠户这就来,这对羊巴羔子,留不得了!

我问老舅,怎么留不得呢?老舅说,它们和无意走失的羊不一样,这种羊要是留下来,指不定哪一天,它们会把整个羊群带散带丢。

何屠户很快就来了,用手翻了翻黑公羊的毛皮,说毛干,色也差,只给了个很低的价。

老舅还是让何屠户把那两只羊牵走了。

小舅他们说,当初为了换回这两只羊,给东山那边牵了五只肥羊哩,亏大了。

和羊打了半辈子交道的老舅却说,值得,养羊的人眼里不能只有一两只羊,要有一群羊。

壮老爹被体检记

壮老爹四十出头那会儿,壮他娘撒手到后山享清静去了,撇下了三个儿子。三个儿子三张嘴巴,都一个劲儿张着嘴巴向壮老爹讨吃的。壮老爹公鸡带崽容易么?如今,三个儿子都有出息了,都留在城里工作了。

这天早上显得格外长。壮老爹拿出老人机,给老三打电话,老三的电话没人接。打老二的电话,还是没人接。老大的电话倒是接通了,老大还没听壮老爹说几句,就说时间到点了,得赶飞机。壮老爹放下电话,照例到榕树下小坐,刚晒了一会儿太阳,嘟嘟,嘟嘟,就有车进村头了。

车上下来的,是老大手下的一个打工仔。老大辞职开厂后,变得忙了,忙的时候,常常代替老大回家问候壮老爹的,是一个叫小伟的打工仔。小伟下了车,打开了后备厢,搬出大包小包的东西。见到壮老爹,小伟急切地问:"老伯,您身体怎样了?"

"老了,不比年前了。"壮老爹说着站起来,"我那背时鬼又不回来了,叫你来顶数?"

小伟忙笑着说:"老总出差在外地呢,这不,刚接到您的电话,他就派我过来了。"

"他出差什么时候回来?"

"快了,估计就今晚回家。"

"我倒要去看看他有多忙。"壮老爹上次去看老大,也是小伟带去的。壮老爹就这样上了小伟的车。

车到了市里,像进了迷宫一样七拐八拐的,最后停在一栋高楼的前面。咦,壮老爹记得以前大儿子住的是花园小区,如今怎么到这里来了?

小伟不由分说就把壮老爹扶进电梯。

"我们这是去哪里?"壮老爹忍不住问。

"这里是医院,我要带您检查身体。"小伟说。

"我还能走还能吃,检查什么身体啊?"

"我们老总特意吩咐的,说要给您做全面检查。老伯,这是老总分派给我的工作呢,您要配合哟。"

人家小伟也不容易,壮老爹又不好拂了小伟的心意,心一横,查就查去吧。现在不是流行什么体检吗?壮老爹七十好几了,想

来还从没正儿八经体检过一回呢。再说现在生活条件好了,儿子出手也阔绰了,咱就像高级干部一样,也给身体来个体检吧。

接下来,又是扎针抽血,又是被推进什么CT室里,折腾了大半天,壮老爹晕得云里雾里的。

听医生说这个指数高了,那个指数低了。不查不知道,一查吓一跳,这一查,还真查出各种毛病来了。小伟急得连连拨打电话。壮老爹反过来安慰小伟:"我能吃能睡的,别当回事。"

到了晚上,老大赶过来了:"爹,哪里不舒服早说嘛。"

老二搭飞机从北京赶回来了:"爹,现在好些了没有?"

到天明时分,老三搭动车也赶到了:"爹,现在感觉哪里不舒服?"

没有哪里不舒服,壮老爹一再说。

"爹,那检查结果都查出问题来了,明天再好好地查一遍,把病看好了再回家。"老大说。

壮老爹不由得笑了,说:"人老了,谁不查出点什么毛病来?我吃得好,睡得好,真没病。"

"爹,您早上电话里不是说病了吗?当时看你急的,我才叫小伟过去接你的。"老大说。

"不是我病了,是家里的老白病了。"壮老爹说,"前几天,你二姨带走了老白的一窝崽,老白就像病了一样,不吃也不喝的。"老白是他们家的一条狗,在家里待了好些年了。

"我听大哥说你病了,立马就飞过来了。"老二说。

"我听说爹病了,假也没请就赶过来了。"老三说。

"原来你们听错了,才一个个赶着过来。要不是听说我病了,还真难得见你们一面。有一天我真病了,你们来怕也见不着我了。"壮老爹一番唏嘘,说得儿子们面面相觑。

吃完饭,壮老爹执意要赶回家,儿子们自然一番劝阻,要壮老爹多留几天。

壮老爹喃喃自语道:"我不在,老白没伴儿了……"说到老白,壮老爹一刻也不愿多待了。

这次陪着壮老爹回家的阵容可齐了,三个儿子,一个都没少。

后门之患

看管鸭场是个肥差,谁捡到就如同白捡到一块肥美的肉,村里人都红着眼盯着。

二山的媳妇桂香可是个人精,早把看鸭场那块肥肉盯牢了。还没过年那时,挂房檐下的腊肉刚刚冒油,桂香就把腊肉打好包,对二山说:"想看守鸭场,得到村主任家走动走动,这包腊肉,你拿到村主任家里意思一下。"

二山开始有些不情愿:"一个大男人的,做这种事,丢脸!要送你自己送好了。"说是这么说,看到媳妇直瞪眼,二山还是提着腊肉出了门。在家里,二山一切都听媳妇的。

二山前脚刚迈出门槛,桂香就追出来了:"木瓜脑壳的,走后门出去哇。"

村主任家分明在二山家的前面,干吗要走后门?二山愣了一下。

桂香葱白一样的手指伸过来,戳在二山的脑门上:"傻吧你,从后门出去,拐进甘蔗地里,再拐进村主任的家门,神不知鬼不觉

的。如今送礼，哪个喜欢大张旗鼓的？"桂香说得头头是道。

二山按桂香的指示，绕弯路给村主任送了腊肉。

这天吃过晚饭，二山刚要出门，抬眼见村主任朝这边走来。

二山忙亲热地把村主任让到石凳上坐。"哟，还摆大理石的桌凳，弄得像个娱乐休闲中心一样。"村主任边落座，边拿眼打量着四周，嘴里也不闲着，直夸二山手上好功夫。可不，这长条大理石桌凳，那是二山的杰作。二山听得心里美滋滋的，朝屋里喊："还不打酒来？"

"来了。"桂香手脚麻利，说话间，两只杯子，一盘带壳的干炒花生，摆上了石桌。

酒饮到第二杯，村主任的话匣子打开了："村里的那批扶贫鸭，眼看要进入育肥期了，夜里得有人看守不是？"

听到村主任提起守鸭场的事，二山就知道好事要临门了，忙接过话头，说："那是，那是。"

村主任饮了一口酒，说："村里研究过了，派你去守鸭场，怎样？工钱亏待不了你。"二山忙站起来给村主任敬酒。

事情就这么敲定了，二山喜滋滋地对桂香说："走后门路线，还真管用。看来以后还得到村主任那里走动走动。"

桂香说："可不是？你这个死脑壳算是开窍了。"

看守鸭场，果真是个肥差。

给鸭子育肥，每天要挑出鸭子中的老弱病残。这类鸭，本来身体就有问题，要是不分青红皂白地一律催肥，反而会把它们催死。

二山挑出了第一批问题鸭，一共十来只。村主任让二山自行登记处理。二山把这批鸭卖给了路边的饭店，所得的钱，一部分入账，一部分交给了桂香，小赚了一笔。

桂香收好了钱,嘴巴像抹了蜜一样,说话都带着甜味,说得二山心里甜丝丝的。

二山从这事中得到启示,挑选第二批问题鸭时,二山把早看好的两只绿头鸭赶到塘边,竹竿子一扫过去,绿头鸭的腿瘸了,就变成问题鸭了。二山每次带着问题鸭出鸭场,都要到村主任那里登记。去了几次,村主任都一律慷慨地签字。一路绿灯,二山用这手段,把"问题鸭"带出鸭场,带进自家的后院里,二山只象征性地开点处理费。在给鸭子育肥的半个月里,二山可没少吃到甜头。

当然,桂香把鸭肉炒得飘香,也没忘了叫村主任来喝两盅。村主任开始从前门进来,来了几次,便熟门熟路地走后门路线了。

看守鸭场,也是个苦差使。难熬的是晚上,夜里的山塘冷飕飕的,不是人睡的地方。这天掌灯时分,二山横竖睡不着,索性披衣起来,把守鸭棚的灯打开,唱一出"空城计"。二山到了家的后门口,刚要拿出钥匙开门,门却自动开了。"嘘,轻点!"穿着睡衣的桂香站在门边。二山说:"怎么这么巧?"桂香也愣了一下,没说话。二山本想一把抱住桂香,想想觉得不对头,进自己的家,干吗要"嘘"?他问桂香,桂香支吾着,不说话。

当夜,二山在床上翻来覆去,一夜都没睡好觉。

第二天,二山把鸭场的钥匙放到村主任家的饭桌上,径直回来,把自家的后门给封住了。

一地鸡毛

曾小强发现自己的眼睛有问题,是在开家长会的那天早上。那是高考前的一次家长会,老师反复说很重要。

那天,曾小强醒得比往日迟,睁开眼,看见枕头边躺着一排吉娃娃,他用手一摸,分明是一边一只的,自己怎么看成一排了呢?曾小强也没想太多,抱着吉娃娃又迷糊了一会儿。

吉娃娃是老爸和老妈从昆明带来的,曾小强已经过了喜欢布绒玩具的年龄了,但还是郑重地收下了,这是老爸老妈共同送的礼物。没多久,老爸老妈就以和平的方式闪电式地分道扬镳了。如果说他们有什么不友好之处,那就是在争夺曾小强抚养的问题上,他俩互不相让。他们都有能力提供最好的环境,他们都极力地想要弥补些什么。最后,曾小强说出了自己的想法,高考前,自己想在学校附近租房住,这样也有利于复习。这下,他们都没话了。

看到他们怅然若失的样子,曾小强收拾行装时,特意把两只吉娃娃放进拉杆箱里,朝着老爸老妈笑了笑。就这样,这两只吉娃娃一左一右地守卫在曾小强的枕头旁,曾小强发现自己不知为什么越来越喜欢这两只吉娃娃了。

曾小强套好衣服跳下床,往外一看,玻璃门,窗口,窗前的速生杨……什么都是重叠的,它们乱糟糟地扑进眼睛里。曾小强揉了揉眼睛,见到的还是重影,眼前的东西全乱了!他这才意识到是眼睛有问题了。

曾小强抓起电话,拨通了老妈办公室的电话。

接电话的是个男声,男声说:"是小强啊,什么?你妈妈?她出差了,去哪里?美国吧,她没告诉你?对了,7号高考吧?她说怕你分心,不过你放心,她会在你高考前赶回来,她早交代好了,这次的家长会,由我代开……"他是老妈公司里的刘秘书,小强没等刘秘书发完长篇大论,就把电话挂了。

曾小强一看时间,现在该是美国的深夜时候,没拨老妈的手机。

电话这时候响起来,是老爸!老爸说:"儿子,我现在就要登机了,家长会的事我安排好了。"

"老爸……"曾小强欲言又止。

"家长会我本来要参加的,临时有情况,只能让办公室里的林伯伯去,我特意叫他全程录像,整好材料,到时汇报给我,我这边实在脱不开身啊。儿子,下了飞机我再联系你,我关机了啊。"

曾小强摸了摸眼睛,食指触到了冰凉的泪水,眼眶里湿漉漉一片。

曾小强拨通了奶奶的电话。

奶奶说:"小强啊,开家长会的事情怎么不跟奶奶说一声呢。"奶奶退休前在一所中学里当老师,对家长会一类的事情,热心得有些不可理喻。小强不是不想让奶奶参加家长会,而是奶奶的耳朵越来越背了。

小强说:"奶奶您也要去开家长会?"

奶奶说:"我早到学校了,第一个进的校门。"

小强说:"奶奶,我今天看东西,都是重影的。"

奶奶说:"奶奶还行,还行,都还听得见。"

小强提高声音说:"奶奶,我眼睛,好像不行了。"

奶奶说:"怎么不行? 我还能做笔记。"

曾小强觉得不能和奶奶驴唇不对马嘴地对话下去了,他以最快的速度洗漱完毕,提了背包出了门。

今天家长会占了教室,好不容易可以休息半天。曾小强本打算玩它半天的网游,想不到眼睛在这节骨眼上出问题了。

走在路上,曾小强脚步不由自主地朝学校走去。

曾小强从窗户往教室内瞄了一眼,看到了自己的座位,座位的旁边加了椅子,奶奶坐在中间,妈妈的秘书和爸爸的办公室主任分坐两旁,重影让他们变成了一排人,他们都在各司其职。台上的刘老师也变成了两个,在叽里呱啦地发言。曾小强急忙缩回了头,轻手轻脚地下了楼。

医院与学校相隔两条马路。

医生检查后,看了看曾小强,没说病情,只问:"就你一个人来?"

曾小强说:"是的,医生——我眼睛是什么病?"

医生说:"你家大人呢? 下一个!"

曾小强说:"我带了钱的。"

医生说:"这不是钱不钱的问题。回去叫你的家长来。"

曾小强习惯性地翻出手机,手指轻轻一划拉,屏幕上热热闹闹地划过一串名字,他食指弯了弯,没有按下去。

曾小强又回到了眼科。

医生头也没抬,但他听到一个男孩清晰而颤抖的声音:"医生,我已经满18岁了,就在今天!"

挂满爱的菠萝蜜树

叶美是这家小饭馆的老板娘,每天的工作,就是坐在门口收钱、开票。

没事的时候,叶美喜欢往街面上瞧瞧望望。

街道边上高大的菠萝蜜树像个天然的屋檐,把饭馆门前遮出一片阴凉。叶美把这块阴凉地当成了小饭馆拓展延伸的空间。偶尔,有小摊小贩入侵进来,叶美会站起来,毫不客气地赶人。

那天午后,饭馆里的食客稀了,叶美难得清静。忽然听到了一阵锯木头一般的声音,叶美往街面上看,看见了菠萝蜜树下的疤子。疤子坐在树下的瓷砖围栏上,左肩搭着一条黑乎乎的湿毛巾,右肩支着一把二胡,面前摆着一个钢碗,没有一个听众,疤子自顾自没腔没调地拉着二胡。

疤子要把那片阴凉地占据,作为自己临时表演的场所。疤子坐的位置,斜对着叶美小饭馆的门口。店里的食客,透过玻璃墙,看到一身油腻的疤子,能不大倒胃口?

叶美走出去,说:"去去去,别在这里拉,挡着人家的生意了。"

疤子什么话都不说,看也不看叶美一眼,起身,收起二胡和钢碗,慢慢往桥头那边走去。

没过几天,那个疤子又来了。

叶美皱了皱眉头,转身对正在端盘子的表姐努嘴,说:"去叫

他挪个位置。"

表姐清场回来，叹了一口气："人家也挺可怜的。"

叶美没说什么。

叶美每天清场赶人，疤子却像一只讨厌的苍蝇，赶开了，又来。

表姐赶了几回疤子，和疤子渐熟，有时竟拉起家常来。

叶美警告表姐："你别理这种人，哼，你看着他可怜，说不定回去了摇身一变，就变成西装革履的大款，专门出入各种娱乐会所。在城里做事和在乡下不一样，你同情帮助人家？人家反过来讹你诈你！"

第二天，叶美叫小伙计在瓷砖围栏上泼了水。这一招果然见效，疤子主动把表演的阵地往旁边转移，转移到离饭馆不远不近的另一棵菠萝蜜树下，淡出了叶美的视线。

叶美再次注意到疤子，是因为表姐。

粉店的潲水，集中在屋后的一个大的潲水缸里，养猪场的工人每天来收一回。

这天，叶美看见了潲水缸旁边的门背后挂着一个塑料袋子，袋子里是虾子、春卷、油炸馒头这些东西，袋口扎得紧，显然是有人刻意留着的。按饭馆的规定，把客人吃剩的东西私留下来，是严禁的行为。

叶美火上心头，脸上却装着没事的样子。

没过一会儿，表姐进来了，表姐用换衣服的工夫，迅速地把袋子塞进袖子里。

表姐若无其事地出了门，走到不远处的那棵菠萝蜜树下，把袋子挂在了树上。

像约定好似的，疤子随后走过去，从树上摘下了袋子。难怪疤子总是在那边的菠萝蜜树下出没!

叶美很想立即跟上去,抓个现行。她想,表姐虽说是自己人,但也得找个时机,整治整治。

那天的火来得突然,厨房里的师傅正忙着炒煮东西,火却从临街的这一边冒起。

着火了! 小店里的人没命地往外逃。

"关电闸,关电闸啊!"叶美嘶哑着嗓子喊,她的声音淹没在一片慌乱中。

"电闸在哪?"一个身影这时冲进店里。叶美看清了,是疤子!

电线走火,疤子及时地把电闸关上后,许多路人也加进了扑火的队伍中,火救得及时,叶美的小饭馆逃过了大劫。

叶美拉住疤子,连说:"谢谢!"

疤子说:"我还没谢你呢,以后你不用每天叫人往那树上挂东西了,攒够了回家的路费,我,该回家了。"

看着疤子的背影,叶美心中忽然一震,太像了! 疤子的背影,和表姐夫一样高高大大。对了,表姐夫的脸上,也有一道疤痕,那是当年表姐夫为了救遭抢劫的表姐时留下的。只是,半年前,表姐夫突遇车祸离世了,表姐才搬来和叶美同住,也给叶美打打下手。

叶美全明白了。

后来,叶美的小饭馆重新装修一新,叶美每天把屋檐下的通道扫得干干净净,还特意叫表姐在菠萝蜜树下摆了张绿色的铁皮长椅。

唱着来唱着去

村里要唱呀嗨戏。三姑把这好消息带给我们时,脸儿潮红一片,脸上淌着细密的汗珠子。

呀嗨戏又叫壮戏,演唱时,多用"呀哈嗨"为衬腔而得名。呀嗨戏用我们本地土话唱,老老少少都能呀嗨几句。三姑那时是村里业余文艺宣传队的骨干,有事没事都爱呀嗨一把。

今晚唱呀嗨戏的主角,是根顺。

根顺在我们黄泥村土里生土里长,和我三姑同帮(年龄差不多)。那时候,一群人常常一起上学下学,一同上山挖药草,一同下河摸石螺。根顺没有爹,家中只有一个老娘,那帮人当中,根顺的衣服补丁最多,旧补丁磨破了又打上新的,一层叠一层,衣服的肩膀上像是巴着蜘蛛网。

那时候根顺和我三姑同桌。我们家的石榴熟了,根顺的麻布书包里总有人不时偷放石榴。

后来,根顺被他县城里的一个远房表叔接进城了。根顺穿着满是补丁的衣服进城,临行时眼睛红红的,这是三姑在脑子里留存的有关少年根顺的最后一组记忆了。

根顺再回到黄泥村的时候,是小青年了,换了行头。后头开衩的黑西装穿在身上,熨帖,衬得人越发挺拔高大。

根顺进城后,通过层层考试,过了关,考进了县里的壮剧团。

那时候提倡文化下乡,根顺不时地随着剧团下到我们黄泥村。

你说,黄泥村的人,在这样的背景下看呀嗨戏,难道仅仅是看戏吗?

看呀嗨戏,三姑当然更是别具心思了。

晚饭,三姑只吃了一点儿,推开碗,把自己关在屋子里。三姑在弄头发。三姑有着一头黑云一样的长发。三姑头天晚上就盘辫子,盘了一夜的头发,一散开,变成了自然卷,就像刚烫过的一样。为了保持头发波浪的形态,三姑不敢用细齿的梳子,她用五指当梳,小心地拢住头发,在头顶箍上红发圈,对着镜子左照右照,才甩着一头骄傲的长卷发飞到演出场上去。

演出场在我们小学校的操场上。土台的前面,最中间的那个位置,理所当然是我三姑的,那是根顺特意给三姑留的位置,谁也别想坐进去。我们家人当然也沾了三姑的光,都坐在中间的位置,看着呀嗨戏,谈着和呀嗨戏有关的没关的话题,别提有多长脸了。

根顺演"生"。根顺还没上场,场下就齐声喊:"根顺!根顺!……"大家一直喊到根顺上场。开场了,根顺走直角,在拐弯处将后脚提起,走个"之"字形,算是亮相。根顺这一亮相,全场呼声雷动。

三姑最为得意的一件事,是有一次被根顺特邀同台搭戏。三姑人长得靓,脸没化妆,扮相就很出色。三姑和根顺双双踩着细碎的"8"字入场,场上的人像是被施了魔法一样,一下子定下来了。三姑和根顺对唱,"呀哈嗨"的声音飞到高空中,人们的眼睛却跟着他俩的身子在转,张着的大嘴巴随着他俩的脚步在动。大家看的分明不是戏,是人。

三姑不是正式的演员,常常和根顺搭戏的"旦",是那个花狐

狸脸的女人。花狐狸脸的女人叫桂花,脸抹了油彩,媚得像只真正的狐狸。

那晚,在叮叮当当的伴奏声中,桂花出场:"切盼焦郎,呀哈嗨……日正中天未回还,呀哈嗨……"桂花的脚步有些笨,一开场就唱走了腔调。

眼尖的人看出了端倪,桂花的肚子已经那个了。

这个事情,就像戏台下面突然被谁丢下了一串爆竹,噼里啪啦地就爆开了。

鞭炮爆响后,人们都喜欢探个究竟。

台下的人兴趣迅速转移到桂花的肚子上,大家你一句,我一句地把话传得有眉有眼,那场景,比台上的呀嗨戏还要热闹。

后来的事情倒是和戏里演的如出一辙。

根顺和桂花闪电式结婚,走到了一起。

年后,桂花生下了一个男孩。剧团的团长突然被调离,根顺出人意料地坐上了团长的位子。当了团长的根顺封了嗓,不再唱呀嗨戏了。

打那以后,三姑再没唱过呀嗨戏,甚至连听都不愿听一句。

三姑一直独身,上了年纪的她神志有时不太清醒,倒喜欢神神道道地跟人说呀嗨戏,时常,说着说着,叹一声:"怎么在戏台上'呀嗨呀嗨'就变成真的了呢?"

根顺和桂花的孩子渐渐长大,人们发现,那男孩的眉眼怎么瞅都不像根顺,倒像被调离的前任团长。

山　魂

老牛并不老,姓牛,大家都顺口叫老牛。

老牛从部队复员到镇上,穿着笔挺的军装,却跛着一条腿。领导看到他胸前挂着的军功章足有一排,原本皱着的眉头松开了,说,这样的人才,他本身就是好教材,分到学校去吧。

老牛背着行李就到伏龙岭中学来了。

校长看老牛腰板直直的,就让老牛主管纪律。

学生伢子多是住校生,每天回到宿舍,伢子们总免不了打打闹闹,男生宿舍更是如同花果山一般热闹。晚上,宿舍灯都熄了,还有人在叽叽喳喳地磨牙。别的老师不足为怪,顶多说说两句,更多的时候是视而不见。老牛不一样。老牛握着手电筒,贴墙站在宿舍后面的窗台下。熄灯后,一听到风吹草动,老牛就往宿舍里射灯。老牛连续潜伏,伢子们也掌握了老牛的规律,寻规律行动,这令老牛的蹲守收效甚微。老牛自掏口袋,买了个录音机。老牛像个公安一样,把录下的声音进行了比对分析,结果,把宿舍里面讲话打闹的人捉了个现行。宿舍是安静下来了,可伢子们背地里都叫老牛"牛魔王"。

牛魔王越是管得严,伢子们背地里越是搞鬼搞怪。牛魔王把自己当芭蕉扇,哪里起火就奋不顾身地往哪里扑。牛魔王越是扑,伢子们的那股火烧得越起劲。

老牛每周还要上四节政治课。老牛上课,和别的老师也不一

样。老牛要学生坐成军姿,否则,他一节课只盯着天花板,不上。

老牛眼神犀利,据说打靶时一瞄一个准。在课堂上,老牛的眼神就不管用了,老牛用眼神扫,还没有把这头的山猴子给震住,那边,又有个山妖子站起来,把老牛的课堂搅得乱七八糟。老牛气急败坏地教训学生:"立正——"课堂上笑成一片。

学校挨着伏龙山。伏龙山是座石山。那时候刚改革开放,什么赚钱就有人敢干什么,就有人在伏龙山上私自采石。这边,正上着课;那边,打炮眼放炸药开山。突然一声爆炸,一块巴掌大的山石飞到了教室门前,把门口砸了个窟窿,课堂炸窝了似的,乱成一团。

这还了得!老牛丢下课本,开始一层一层地找主管部门的人。

事情却一拖再拖。

老牛和采石场的人较上了劲。

老牛一下课就上伏龙山,和工地上的人交涉。

没人理。

老牛的牛劲儿上来了,在采石场上打坐,说,我就守在这里不走了,看你们还敢!

老牛就在大石头旁静坐。

采石的人,猴精,和老牛打起了游击,老牛在,不开工;老牛撤退了,石炮照样炸。

老牛被人抬下山,是个午后。那时老牛正在采石场上潜伏,哪知山炮突然炸响……

按乡俗,老牛意外身亡不能入祖坟,只能就地安葬。

那天,学生伢子们都去送老牛,场面一片肃静。

伏龙山,就变成了老牛长期驻守的地方了。老牛进驻那里后,采石场连发几桩怪事:山顶滚下的巨石掩埋了山脚的采石机,采石场的工头炸伤了手……

采石场的人说是老牛捣的鬼,老牛也真是,死都死了,还较真!

这当然是没有根据的瞎说。

不过禁采石后,教室变安静了。学生们都说,坐在教室里上课,能听到伏龙山上猎猎的风声。那声音,似战鼓,似马嘶。

给吃的来点创意

第一次吃到手抓羊肉饭,是在天山天池脚下的一户农民家里。

农民家的草屋掩映在一丛青苹果树下,环境幽雅。大概为了招待我们这些远道而来的客人,女主人把大锅灶都搬到屋外,架在一棵果树下。见我们到来,她用生硬的普通话告诉我们,她正在做手抓羊肉饭。

对手抓羊肉饭,我们早闻美名,想不到还能有幸亲眼目睹烹制的过程,真是天赐良机。尽管我对美食情有独钟,然厨艺却羞于示人,正在恶补。如今见有学习的大好机会,怎能轻易放过?于是,我一边和女主人闲聊着,一边观察她的做法,暗暗记下了烹制的步骤乃至细节,心想回家后一定要露一手。

说话的工夫,手抓饭端上桌了。大块的羊骨,肉绵软酥烂,浓郁鲜香,嫩滑可口。米香拌以肉香和蔬菜的清香,令人胃口大开,

吃了还想再吃。

回到家里,我便迫不及待地要尝试一番,想给家人也品尝这"只应天上有的"美味。没有想到家里反对声一片,说什么草养什么羊,新疆的羊,说不定是吃着天山雪莲长大的。本地的饲料羊肉,加上你这半桶水的厨艺,不煮出一锅羊膻味才怪呢。本地的羊肉确实有一股难以去除的膻味,平时家里的成员大都抵制羊肉,不食腥膻的。一味东施效颦,结果可能弄巧成拙,白费工夫且不说,吃力不讨好的滋味可不好受。这么一想,我只好把满腔的热情收藏起来。

可是,我还是心有不甘。想法不能实现,但可以改变。为什么就不能给生活加点创意呢?本地羊骨不成,索性用现成的猪筒骨代替。

说干就干,我备好猪筒骨、洋葱、胡萝卜这些主料,按照烹制手抓饭的程序操作了起来:把猪筒骨切块,放到热油锅里翻炒一会儿,配料则按我们南方人喜爱的口味添加,佐以姜丝、盐、酱油以及少许五香粉,炒至微黄,最后放入洋葱、胡萝卜丁略略翻炒。此时,另一个锅里的饭正半生不熟,把筒骨、洋葱、胡萝卜丁舀进饭锅里,一起用小火焖煮。不大一会儿,估计饭熟了,便揭开锅盖,用勺子搅拌,然后盛盘,撒上葡萄干加以点缀,即可端饭上桌。

一锅颇具南方风味的手抓饭煮出来了,虽说大功告成,但心里不免忐忑:会不会整一锅"四不像"出来?自己偷偷尝一口,嗬,满嘴生香,忙招呼全家来品尝。家人吃了,都啧啧称赞。平日里嘴上挑剔的小不点说,要的就是这个味儿了!"四不像"还真有"四不像"的味道。我说,什么"四不像",我都想申请发明专利了,名字都想好了,叫南方手抓饭。看着一家人吃得美滋美味,小小的成就感油然而生。

此后，我从中得到启示，按取其精华，去其糟粕的原则，成功地改造了不少的地方美食。越南卷筒粉、陕西凉皮、东北熏肉大饼……一经改造，既能吃到各地的特色美食，又能满足自己及家人独特的口味，真可谓一举两得。

不学开车

同事中有人开私家车来上班，美女自驾香车，美丽又气派，让人眼热不已。

于是，办公室里有人按捺不住，跃跃欲试，争相报名考驾照；也有人大泼冷水，说："龙还没有出世呢，去学那屠龙技术来有什么用？""学车族"也自有一番道理："学了再说，年轻的时候不学，等'奔四'了，身体部件老化，就只能望车兴叹了。"听了他们的话，我开玩笑地说："就算有龙，我也学不了屠龙技术了——拼你们的车就得了。"

小方是最先报名考驾照的，回来和我们大倒苦水，说教练简直是钢板一样的人，铁面无私还冷酷无情。原来，那天到小方试驾，她毕竟是三十好几的小女子，心"怦怦"直跳，结果屡试屡败，一次忙中出错，差点酿成大祸。教练又急又气，毫不留情地大骂："真笨！还没见过这么笨的人！"小方当时"金豆"直滚，教练的脸这才缓和过来。小方的遭遇，更加坚定了我不学开车的想法。

其实，不学开车的根源，在于我天生胆小。读书的时候，自行车风行，练了七七四十九天，我才敢骑车上街。每遇到下坡或人

多的地方，我底气不足，便推着车走。有人笑话：你推车的时候比骑车的时候还多。

后来，进入摩托车当道的年代。一听说摩托车是城市交通中的"子弹"，我就掐灭了学骑摩托车的念头。就算你小心翼翼驾驶，"子弹"可不长眼睛啊。

如今，四轮小车开始有"飞入寻常百姓家"的趋势，看着人家开车兜风上班，我是"临渊羡鱼"，不敢"退而结网"，心里却在想，不会网鱼，也得吃鱼啊！

每每上街买东西什么的，便赖着脸皮求家里的那一位送。开始，他也乐得做个人情，有求必应，久而久之，也颇有微词，说："我都快成了你的私人司机了。"

我是语文老师，充分利用如簧巧舌，幽他一默，说："的确是我的私人司机——踩可夫司机（柴可夫斯基），大师级的人物哦，想当就能当的吗？"他听了，乐得像个受表扬的小学生。

此后，"柴可夫斯基"便成了我送给他的专号。

有"柴可夫斯基"同行，在路上，不孤单，有安全感，也乐得享受。

当然，他也有倦怠的时候，眼睛盯着电视屏幕上的足球比赛，爱理不理地扔过来一句话："要上街，自己打车去。"知道这时不好请神，我便顺水推舟："打车就打车，满大街都是车，不过人家司机都不是免费的哦。"就这样，送他一些理解，他赢得空闲时间，我喜得打车小费，各取所需。的确。在交通极为便利的今天，出门打车，是一件很轻松随意的事情，何必非要自驾呢？

每天上班，要走十几分钟的路，他有时候执意相邀搭一段"顺风车"，我一般都会谢绝。走在早晨的大街上，行人还不是很多。我有意把节奏放缓了，满目都是风景，可以悠闲地散着步，脚下就像踏着音乐一样。一想到"柴可夫斯基"的叫法,我"扑哧"笑了,又想:何必紧张兮兮地去学什么开车呢,放慢生活的脚步,与音乐同行,多美!

品　位

洁是个讲究品位的女子。在这个浮躁的年代,内在的品位如果没有外在的表现形式,谁会在匆匆中瞥上一眼呢?

处心积虑,洁终于等来了一个肯为自己买车的"王老五"。买车的事情摆到日程上来了,那一段等待,是洁特别开心的日子。买什么车,成了两人约会的焦点话题。

奇瑞 QQ 当然不在考虑之列,品位嘛,当然不能不考虑价格的问题。至于宝马,等下辈子吧。"王老五"不开尊口,洁总不可能自己提。最后,"王老五"一锤定音,买辆日系丰田吧。

日系丰田的款式不错,还是女式的,线条流畅,简洁如现代派的抽象画。更令人满意的是,车身呈猩红色,华贵而不媚俗,够品位。开着自己的车子来上班,看着人们一脸的惊羡,那一刻,洁心似莲花开。

洁的心里美着呢,开始的日子,觉得有品位的生活真是充满诗意。洁甚至信口改了海子的诗句:"从明天起,只关心油价、车子。做个快乐的人,面朝大海,春暖花开。"

买车容易养车难,这话洁算是切身体会到了。油费、养车费……各种费用接踵而至。有段日子,油费如发烧病人腋下的体

温计一样,噌噌地往上蹿。令人心焦的是,金融危机袭来之后,男友的生意每况愈下。洁决定自力更生,自己养车,她这才发现千把块钱投进车里,响声都没有一个。洁节省了许多不必要的开支。原先,洁在单位附近租了个房子。养了车子后,洁毅然决然地退了房子,家离单位有段距离,中午一个小时的时间根本不够奔波。无奈之下,洁中午在办公室支个单人床,等办公室的同事回去,摆开简易床,眯一下算是休息。之后,洁必须赶在同事来上班之前收拾"战场"。一阵手忙脚乱之后,洁不禁问自己:难道这就是别人眼里光鲜有品位的生活?

口头禅

女友梅有句口头禅——废话!梅大大咧咧的一个人,说话直通通的,一根杆子插到底,从不顾忌旁边的人,开口闭口都爱挂上这句惯用语,还戏称这是她的"专利"。

一大早,梅打电话过来。我说:"有什么事啊?"

梅说:"废话!没事能找你?"说罢哈哈大笑,接着照例叽里呱啦地拉扯了一箩筐的闲话。

我心里暗暗着急,说:"我在改作业,你知道不?"这也是没有办法的事,选择了教育,等于选择和作业打一辈子交道。想到下节课要讲评作业,我只好给梅下了一道温柔的"逐客令"。

临挂电话,梅又加了一句:"再给你加句废话,明天放学,我过去接儿子,我们顺便一起逛街?"

梅的儿子就在我的班上,这小家伙聪明得不得了,长得虎头虎脑的,属于人见人爱的那种小帅哥。

这一节课,我教的是一首饶有趣味的儿童诗《柳树醒了》:

春雷跟柳树说话了,

说着说着,

小柳树呀,醒了。

……

教罢诗歌,我按事先的教学设计出了一道发散思维的题目:小朋友,请你想一想,春雷还跟谁说了什么话呀?

小朋友们纷纷举手发言,小家伙也把手举得高高的,一副跃跃欲试的样子。我点了小家伙的名字,他站起来,煞有介事地说:"春雷还跟桃花说了废话。"

看着小家伙一脸的认真,我忍住了笑。

逛街时,我把这事转告梅。梅笑得前仰后合。笑罢,她不无担忧地说:"怎么办啊?我都没想到一句'废话',他都学得这么快。"

我趁机"教训"了梅一顿,说:"有其母必有其子,父母是孩子的第一任老师,这下信了吧?"

此后,梅的这句不太雅的口头禅奇迹般地消失了。看来,小家伙的那句"废话"对她的触动一定不小。

在老屋里淘宝

老屋经历了多年的风风雨雨,很老了。这些年,老屋的周围,平顶的楼房如雨后春笋般冒出来。夹在钢筋楼房的中间,老屋显得越发矮小了。

大哥说:"我们把老屋拆了重建吧。"可是,我们兄妹几个都在城里有了房,谁也没有打算要在老家常住。老屋不过是节日里大家偶尔小聚的临时场所而已,再说,远离家乡的人,看到老屋,总有一种说不出的亲切感。于是,老屋重建的问题一拖再拖。

眼下,铁路将从家乡的小村穿肠而过,而老屋也归入拆迁之列,老屋的搬迁于是就成了当务之急。老屋拆迁的那天,很多亲友都来帮忙。大哥慷慨地对大家说:"老屋里也没有什么值钱的东西,看看哪些还有用的,能搬的就各自搬走了。"的确,老屋是桂南一带常见的那种泥墙瓦屋,除了瓦片和木板橼柱之类的还有些用途外,其余的几乎都是没有什么价值的东西。

伯父在拆下来的一堆木料旁蹲下来,指着一根黑乎乎的柱子,说:"这可是正宗的铁木,是好东西哟。"大哥将信将疑:"这老房子里还藏有这样的宝物?我们住了这么久居然看不出来。"伯父接着说:"这些橼柱,都是从祖上的老宅拆迁来的,历经几代,质地坚硬,没有虫蛀,只有铁木才有这样的硬度。"大家在那一堆木料中翻找,果然找出了好几根这样的橼柱。大哥请人把这些木头刨了,制成了八仙桌、太师椅等一整套的家具。家具制作的手工费用不菲,我们都有些咋舌了。

我们去搬家具那天,那套具有复古风味的家具颇引人注意。没有想到的是有人当即开出高价,要买走这一套家具。我们当然拒绝了,这是老屋留给我们的记忆,那可是比金钱还贵重的东西。

高 考

看着儿子走进26中的大门——高考的考场,我心里松了一口气。

一道铁门,隔出了考场内外两个不同的世界。考场内戒备森严,考场外的大街上车水马龙。

26中门口出来是天桥,天桥上面和下面都站着不少的人,我一看就知道很多是和自己一样的送考一族。

我刚在天桥下面一个绿化带旁坐下,一个穿警察制服的人走过来说:"高考考生家长请自觉到青秀路口那一头去,这里拥堵。"

我随着旁边的几个人向青秀路口方向走过去,我看见那几个人的胸前佩戴着绿丝带,知道他们也都是高考家长志愿团的成员。

前一阵子,一些高三学生家长在时空网自发地组织了高考家长志愿团,目的是为高考保驾护航,志愿者统一佩戴绿丝带作为标志。我报了团,儿子知道我报了团,开心得不行,他告诉我他会加油,让我们放一百个心。我也戴上绿丝带,顿时有一种找到组

织的感觉。几个"绿丝带"早在路口一字儿排开"站岗",有人高举一块红牌,我看到几个黑体大字:"今日高考,过青秀路的车辆禁鸣!"

不知为什么,我的眼睛有些潮湿。我走过去,站在一个"绿丝带"的旁边。

一辆保时捷掉头过来,拐到青秀路口,人多,车速慢了下来。"叭叭""叭叭",保时捷不耐烦地鸣起喇叭。

一个"绿丝带"上前说:"先生,您好,过这条路的车辆请禁鸣!"

车里伸出一个大光头,说:"你们这是政府的还是民间的行为啊?拦着路,叫人怎么走?"

"这位先生,今天高考,报纸不早登着吗,今天这条路禁鸣。"那"绿丝带"指着前方的青秀路方向。

"高考?高考就能堵路啊。"

"我们不是堵路,我们是提醒。"

"我不管你们是不是堵路,我车子过不去,我就要鸣喇叭,鸣喇叭有什么错?我就高兴按着喇叭玩儿,怎么样?"

"叭叭,叭叭叭——"大光头又按了一通喇叭。

大光头的话激怒了众人,周围的人叽叽喳喳地议论起来:

"好大的口气!"

"低素质!"

"逞什么能,不就开个'保洁'嘛!"

"……"

许多人涌到保时捷前,把车子围了起来。

我也围上去了。我的儿子也在里面高考,他不容易。我不知道能帮儿子什么,我只能等在这里。也不知被哪股力量所推动,我和他们一样,不顾一切地涌到前面去,把保时捷围个里三层外三层。

保时捷后来乖乖地掉头了。

我站在青秀路口,和许多人一样继续站岗。

高考结束,我在涌出来的人流中看到了我的儿子。

我的儿子,其实外面的世界多喧嚣吵闹都和他没多大的关系,他自小就有些听力障碍,他只能看着口形来听音。

此刻,我的儿子,正笑眯眯地向我走来。我们的手紧紧地攥在一起。我的腿脚不太方便,儿子这时就是我的拐杖。

一路上,儿子满脸都是兴奋的红光,他的手不停地比画着,告诉我他内心的自豪:"妈妈,我今天圆了高考的梦了!"

哭嫁歌手

黄泥村一带有哭嫁的习俗。女子出嫁前,哭一场,给自己将迈进的新日子祈福,也表达对父母养育之恩的感激。

五婆头一次陪出嫁的闺女哭嫁,是在饥荒的年月。那时候,五婆邻家的女娃要出嫁,熬了一锅苞谷稀粥,悄悄地请五婆几个至亲来吃顿饭,就算是送闺女出嫁的宴席。端着饭碗,吸着苞谷糊糊,新嫁女哭了,几个陪着的姐妹也都哭了。五婆的眼泪说来就来,悲痛地大哭,声泪俱下,泣不成声,哭得天昏地暗,两眼红得像灯笼。

旁边的人只是哭,五婆凄惨地边哭边唱:

娘呀娘,

你狠心送女去嫁人,

今后哪个服侍你,

哪个端水送药汤?

五婆的哀伤深情,发自内心,歌里字字句句都像从心窝里掏出来一样。

那时黄泥村家家户户都一样,吃了上顿没下顿。五爷的腿脚不方便,挣的工分少。家中五个男娃五张嘴,每张嘴都要吃饭。五婆挨家挨户地借粮,借不到,就用苞谷叶子熬成稀糊糊哄肚子。病床上的老娘,糊糊都省着不肯喝,娘的脸黄绿黄绿,像快干枯的菜叶。老娘没有熬过饥荒,撒手去了。

五婆一想起娘,眼泪哗哗就流了,哭嫁的歌随口唱起。五婆这一唱啊,在场的人无不掩面转身,有的人抽着肩膀低声哭泣,有的人哀伤得号啕大哭。

那时苦日子总盼不到头,仿佛每个人都有着自己内心的哀痛,哭起来自然真真切切。

日子一天天好了。哭嫁也可以放开哭了。

六叔的闺女彩霞腊月初八出嫁,请了整个黄泥村的人,前几天就开始杀猪宰羊,热热闹闹。到了出门前的一天,要找陪哭嫁的人,找来找去,找不到几个闺女。也难怪,现在的年轻人,出去打工的打工,忙着赚钱的赚钱,影子都难找。有的人想到了五婆。

邻村凑合找来的几个闺女,说是来陪哭的,只会坐在那里,嘻嘻哈哈的,哪里哭得出来?

五婆一到场,眼泪就如同雨一样落下来了。她哭着哭着,就开唱了:

娘呀娘,

你生我养我苦一场，

从此隔山又隔水，

隔山隔水共月光。

彩霞和那几个闺女，开始是静听，当五婆唱到"生我养我苦一场"时，彩霞掏出了纸巾，掩面哭泣，一帮姐妹，个个抹起了眼泪。

都说五婆的嗓子了得，能唱哭人。

后来黄泥村的人家嫁闺女，都喜欢请五婆陪哭。大家都不给钱，只请饭。五婆是个热心人，每请必到。

五婆不走老路子，每回都自编自唱，还从唱山歌的老姐妹那里借来录音机和磁带，边唱，边录；再唱，再录，唱到自己心中恻然，唱到自己内心满意才罢。对陪哭，五婆是发自内心的喜欢。

五婆唱得最为得意的一回，是上了县里的电视。五婆没有想到老了还能上电视，唱哭嫁歌的劲头甭提有多高了。

后来，请人来陪着哭嫁，还封给赏钱这一做法渐渐兴起，定金一家比一家下得高。

五婆上过电视，黄泥村一带十里八乡的人家都喜欢把五婆往外请。五婆却以年事已高为由拒绝了，也不太出去唱哭了。

儿子大伟给五婆的房间单独装上了彩电，还接上了DVD，五婆每天在家看看电视，听听山歌。

白天，五婆挨墙根下晒太阳，坐着，就睡着了。

三更半夜的，五婆的房间里还亮着灯。

大伟打开五婆的房门，DVD里还在播着乐曲，五婆却歪在沙发上睡着了。

五婆真的老了，没有人再请得动五婆。

这天，五婆病倒了，话也不说几句。可巧铁匠村的张老婆子

来了,说要请五婆帮忙。

儿子和媳妇都一口回绝了,说五婆病重,不能动。

门帘一掀,已换好出门衣服的五婆走出来,对张老婆子说:"老姐家喜事,我爬也要爬着去。老姐的情我还不上了,就好好地还一场哭吧。"原来那年五婆偷偷帮铁匠村人唱哭,回来的路上,又饿又累,昏了过去,是张老婆子的一张米糠饼救了急。这米糠饼,五婆念了三十多个年头哩。

提起这些,五婆早已泪眼婆娑,唱道:

多谢了,

多谢四方众乡亲……

歌声颤颤,听者无不动容。有人说,听五婆唱了半辈子的悲歌,才知道五婆唱喜歌也能唱哭人哩。

那个人

那年,娘嫁进了后山坳,十岁的满山随着娘进山。

来接娘和满山的,是个矮墩墩的男人。那个人长得黑,脸衬着白布衣衫,显得更黑。那个人见到娘身旁的满山,咧了咧嘴:"啊——嘿。"算是招呼。

娘说:"这是你爹,以后管叫爹。"

满山瞪着眼,看了那个面生的黑黑的男人一眼,闪身躲到娘的身后。

那个人接过娘手里的花布包裹,顶在肩头上,大步走在前面,娘牵着满山的手走在后面。一路上,他们没说什么话,只有脚步声嗒嗒地响在山路上。

那个人,怪。夏日的晚上,山坳里热,热得人像是捂在被窝里。那个人蹲在牛棚里,燃起一堆蒿草。蒿草烟味熏,熏到屋子里来,满山咳个不停。娘说牛是畜生,能怕蚊子?那个人什么都听不见,每天钻到牛棚里,燃药草给牛熏蚊子。

那个人是个哑巴,他满嘴呜呜哇哇的怪话,满山全都听不懂。那个人倒是会和牛说话。

那个人一大早就割来两筐草,他把草料放进牛棚,嘴里叫:"啊,啊——"大黑牛听懂了他的话似的,站起来,甩着尾巴走到栏边吃草。

早晨,那个人赶着牛出去犁地。关了一个冬天的黑公牛出了栏,疯了一样地跑。那个人上气不接下气地跟在后面。那个人嘴里咿咿呀呀地发出奇怪的吆喝声,牛停下了。

那个人在犁地,他吆喝牛的声音无比尖利高亢:"嚯嚯——嚯哟嚯——"小黑牛在他的指挥下前进,熟练地左拐右拐,犁铧翻出大片黑黝黝的泥土。

那个人每天和牛说话,在满山面前,他没有真正地说过话,他只会嗯嗯啊啊地指手画脚。

吃了饭,满山刚搁下碗,那个人看着满山碗里的剩汤,嘴唇哆哆嗦嗦地在动。满山想,幸亏那个人说不出话来,要是他能说,少不了一顿骂。满山站起来,把碗和那个人的怒目甩在身后,昂然走出去。

那年满山14岁,已经和那个人在一个屋檐下生活了四年。满山甚至喜欢上这种没有语言的生活。这样,满山就可以名正言顺地不叫那个人"爹"。满山的亲爹早已经死去,满山是一个没

有爹的孩子,那个人,怎么可能是自己的爹?满山蹲坐在门口,傻傻地望着绿得空洞的山,想。

15岁那年,满山顺利地考上了县里的高中,这是他始料未及的事。

满山要住校了,满山没有太多的舍不得,默默地收拾行装。

那个人从木箱里摸出一沓钱,塞给满山,大多是一毛两毛的票子。满山接过钱,嘴努了两下,可想说的话硬是说不出来。

周末,满山从学校回来,经过自家的责任田旁,满山看到了那个人和娘在犁田。娘跟在那个人的后面扶着犁耙。那个人弯着腰,头朝前,两只瘦骨伶仃的脚一前一后,张成一把弓。肩上搭着绳子,那个人一步一步地朝前走,绳子深深地勒进他的双肩,他走得很慢很慢,嘴里却在呜呜哇哇地叫着给自己鼓气使劲。满山心里一颤,那个人把自己当牛!那个人浑身脏泥,像是刚从泥塘里爬上来,明亮亮的日头下,他黑黝黝的脸上淌满汗水。

满山问娘:"娘,牛呢?我们家里的那头大黑牛呢?"

娘的目光有些躲闪:"你爹硬是把牛给卖了,给你交的择校费不是?"

满山突然明白了……

满山和那个人第一次那么近地面对面,满山看见那个人的沟壑纵横的脸上,淌着闪亮的汗珠子。

满山靠过去,接过那个人扛在肩膀上的犁,说:"爹,让我来!"

那个人看到满山把犁扛在肩上,有些拘谨地搓着手。

满山听到那个人在说:"嘀嘀——"满山发现自己其实早就听懂了他的话。

谢谢你爱过我

我哈着白气，走上小石桥。石桥下的水在咝咝地冒着白气。我加快了脚步，斜挎的土黄布包在我的屁股后面晃荡着，扑扑地响。

不远处就是队里养猪场的那排茅棚。茅棚的屋顶下了霜，银白的屋顶，在早晨的微光下格外醒目。

那时候，侍候队里那八头母猪的，是我的姑姑。

姑姑似一棵水葱，水葱一样白，水葱一样香喷喷的。

我就不明白，香喷喷的姑姑怎么会钻到臭烘烘的猪棚里来侍候猪。

姑姑给自己编扎了一个稻草凳，每天早晨，她都坐在草凳子上，拿着一把长柄的铁钳，把红薯或芋头放进火红的灰堆里，埋好。然后，她就像一只喜鹊一样，飞进飞出，给猪喂食、铲粪，这些粗活儿，在她歌声的伴奏下，一件一件地理顺。她每天必做的事，就是把猪舍扫得干干净净，整得清清爽爽。

做完这一切，红薯也该烤熟了。没人的情况下，她会给我留一两个红薯。

我拿着，觉得烫手。

姑姑说："吃，凭啥让猪吃得比人好？"

姑姑养的可不是一般的猪，是样板猪。每口猪分得双份的口粮，待遇比人还要好。

姑姑这么一说,我觉得自己和那些猪分食,心安理得。我蹲在猪栏的旁边,三下五除二就把烤红薯消灭了。

我就像一只吃甜了嘴巴的小老鼠。每天上学前,顺着老路,到姑姑的猪栏旁转一转。

姑姑正用大葫芦瓢唰唰地在大盆里刮着猪潲,她的背弓着。我站在她的身旁,喊:"姑姑!"

姑姑今天没有欢快地叫我的名字。

我的眼睛滴溜溜地在火炉边搜索。

姑姑抬头看看四周,低声对我命令道:"到那边去!"

来多了,姑姑再不许我进猪棚半步。我们之间有约定,姑姑烤好的红薯,通常放在路边那个柴草房的墙根下。

姑姑把眼光朝墙根那儿一瞥,我就知道她已经把烤好的红薯和东西放在指定的地方了。我就像一只训练有素的猎狗一样,沿着小路走到柴草房的墙根边上,蹲在避风的墙根下,把暖烘烘的红薯迅速变成我肚子里的东西。

说起来,我和那几头母猪分吃红薯,大概有半个学期之久吧。

这半个学期来,我除了吃红薯,还要完成一项重大的任务。这个任务比地下党的工作还要秘密。我把姑姑用玉米叶包好的红薯,与书本一起放在黄布包里,看四下里没人,挎上包,沿着小路上学去。

我包里的红薯和书,要送给一个人,那人是学校里的杨文学。

杨文学是个知青,高高瘦瘦,戴着一副黑框眼镜,看起来,像电影里的大叛徒。

杨文学并不上我的课。我第一次见到杨文学,是在猪棚旁那条小路上,杨文学仿佛刚从玉米地里钻出来,头上还顶着玉米穗花。他见是我,先是怔了一下,随后热情地喊我的小名傻瓜,我怎么也想不明白,杨文学怎么晓得我的小名叫傻瓜。

杨文学把玉米叶包着的红薯放在一个木架子上,客套地对我说:"谢谢你啦,傻瓜!"放学以后,杨文学照例在转角那地方把一本包好的书放进我的黄布包里,叫我给姑姑,还说:"不能让人知道,知道了我们就没有红薯吃了。"

这天,杨文学给我一本没有封面的书,里面还夹了一封信。

姑姑把信中那张纸片看了又看,问:"他没再说什么了吗?"

我说:"没了,听说他们都要回城了。"

姑姑的脸,顿时像被霜打过一样,惨白惨白的。

姑姑后来成了老姑娘,终身没嫁。谁也没法从姑姑的嘴里知道为什么。

姑姑去世的那年,我整理她的老樟木箱,在箱底,翻出了一本没有封面的书。书的第一页,夹着一张纸片,纸片已经发黄,像是一只死了的黄蝴蝶,字迹却还清楚可辨:谢谢你爱过我。

恍然间,那个早晨的霜气扑面而来。

编织幸福

妈妈生病躺在床上以后,迷上了织毛衣。妈妈也变得越来越挑剔了,妈妈看小胖的眼神里夹着严厉。

"小胖,快点把衣柜里那个牛皮纸袋拿来,快点,做事可不能慢吞吞的。"

"小胖,水烧了没有?哎哟,这么烫手!要先放在大碗里凉着,你知道不知道?"

"小胖,你爸爸该回来了。他进门以后要喝一杯茶的,你知道该准备些什么吧?哦,对了,菜都择好了没有?"

……

妈妈说话没完没了,啰唆透了。

外面,风变暖了。风在轻轻地拂动着黄皮果树的枝叶,沙沙,沙沙。赵强他们像麻雀一样快活的声音从窗口飘进来。小胖知道他们在树下赛陀螺。

小胖也有一个陀螺,木制的。蘑菇型的身子是妈妈一刀一刀削出来的,小胖开始打陀螺时,陀螺只转了几个身就倒下了。妈妈说:"傻孩子,陀螺要打磨过,磨得像镜子一样光滑,就转得飞快了。"妈妈织毛衣时,小胖就坐在旁边用砂纸打磨陀螺,小胖可不敢轻易出去玩。没准妈妈一会儿就找小胖。妈妈一会儿要小胖端水,一会儿要小胖倒药,一会儿又要拽拽小胖的衣角说小胖的衣裳又短了。

小胖揣上陀螺,刚要开门溜出去,身后传来了妈妈咳嗽的声音。妈妈的咳嗽,就不只是咳嗽了,是命令:"小胖,先把那卷毛线给我团上。"最近,妈妈似乎在赶着织毛衣,一件又一件地织,高领的、低领的、长袖的、背心的,小孩的、大人的都有。小胖最不乐意缠毛线了,这哪里男孩子干的活儿?可在妈妈威严的目光下,小胖只好坐下来。毛线缠到一半,妈妈说:"这样不行,缠得硬了,会拉坏线的。"妈妈拿过线球,张开五指抓紧,然后把毛线缠在手指上。缠一圈,就把手抽出来一次,接着又继续缠。妈妈缠出来的线球,又松又软。

小胖不乐意干,线球也就缠得不均匀,还硬邦邦的。妈妈的眼里带着责备:"看你那傻样儿……"

小胖有些不服气。妈妈又瞪眼了。

小胖梗着脖子,说:"这本来就不是男人干的活。"

"男人?啊哈,这个小男人哟!……"不知为什么,妈妈嘴角浮起了一线微笑。

妈妈脸上的神色缓和了,说:"去吧,去玩一会儿,和小伙伴在一起也要学会礼让。但要在爸爸回来之前回家,记住没?"

小胖点头,一阵风似的溜开门。

妈妈又说:"小胖回来。"小胖又回到妈妈的身边,妈妈用手摸了摸小胖的脸蛋,给小胖套上了一件苹果绿的毛衣。妈妈指着毛衣上面的图案,说:"小胖你看,毛衣上这个10,表示小胖10岁了,10岁就不是三四岁的孩子了,算长大了。"

外面,微暖的春风,柔柔地拂在脸上,绵绵的,像妈妈的手,抚摸着小胖的脸。

妈妈后来再也没有抚摸过小胖的脸了。妈妈病逝的那一年,小胖正满10岁。

小胖在柜子里看到了许多件毛衣,花花绿绿的毛衣,织着各种不同的图案:跳舞的金龟子、采蘑菇的白兔、威武的金刚、戴墨镜的帅小子……每一件毛衣上面都织着数字:11、12、13、14……小胖把毛衣排在一起,小胖明白,这是妈妈留给他的,能陪着他慢慢长大的毛衣。

妈妈走了没多久,一个阿姨进了小胖家,成了小胖的新妈妈。

阿姨对小胖很好,常常用软软的手摸着小胖的脸,说小胖很乖巧很懂事呢。

许多年后,小胖真正长大成人了。门前的那棵黄皮果树也长得更高了,变得枝繁叶茂了。风儿常常送来它的轻唱,沙沙沙,沙沙沙……

关老师

我们龙庙中学庙儿小,周末,学生像归宿的鸟儿一样放学后,校园里变得空荡荡的。隔着窗,听风过树林,心里像长荒草一样难耐起来。我们几个留校的老师在一起谈天说地、打牌……甚至,用蹩脚的当地土话说群口相声,以此来打发我们寂寞的时光。

我们常常搞聚餐,每逢聚餐必到场的是关老师。

关老师是我们龙庙中学的一张王牌。关老师教的数学,自不用说,在地区的中考评比中,那可是呱呱叫,数第一。有些家长削尖脑袋,争着把孩子往关老师的班上送,说有关老师把着门,放一百个心。可是,每年学校评先进,关老师总上不了台面,这不能不说和他好吃好喝这个毛病有关。关老师似乎上辈子没吃够喝够,专对吃情有独钟,且一直保持着高度热情。

周末,关老师一声"嘞",学校的小饭堂里便开始一番忙碌,几个留校的老师杀鸡的杀鸡,宰鸭的宰鸭,锅碗瓢盆叮叮当当响了一阵后,一桌菜摆上来,上酒,一圈人胡吃海喝起来。

"猜码(广西人喝酒时一种划拳形式),猜码!"有人喊。那便是关老师。

关老师猜起码来,那就一个字,神。

"来呀个个八匹马呀,四红四呀,三点整!"

关老师猜码,三码以内定输赢,一说一个准。

我们惊奇不已。关老师得意地说:"酒里乾坤大,码中学问深。信不信？"

关老师说酒码里面有数学的概率，我们当然不信，又猜，又输给关老师。

关老师猜码喜欢和人叫板，似乎不叫板就不叫猜码。我们几个小年轻深知他的脾性，乐意输给他。这样，关老师在酒桌上猜码总能坐常胜将军的位子。

赢了的关老师，慷慨地掏出一包红梅，给每人散一支，自己跷着脚，吸得有滋有味。

关老师为了聚餐，有时周末放弃了回家和媳妇团聚的良机，这令我们大惑不解。我问关老师："何处无酒局？至于抛家弃子的来和我们搅和在一起么？"关老师答："嘿嘿！和他们喝，那不叫喝。不是一个境界的，不喝。"

我们聚餐讲原则，比如学生在校不聚餐，免得有损"学高为师，身正为范"的形象。又比如猜码不赌钱，只赌饭局。输的一律记账，记账到三场，负责到集市上搞活鸡活鸭或猪头皮什么的，下个周末又在小饭堂聚餐。

有个周末，关老师的媳妇来了，我们以为关老师今晚必定缺局无疑。没承想，关老师早早地坐在大榕树下，吸着烟等着开桌。

期末，事情多起来。我伏案刻蜡纸。关老师又在榕树下拉开了嗓子："嘞！来嘞！"

摆就摆吧，我丢下蜡纸趿拉着拖鞋出去的时候，他们几人已经拉开了战事。我不经酒，喝到半场，就偷偷返回房里，一躺下来居然就睡过去了，醒来时候天已放亮。

听说那一晚他们一直鏖战到深夜。

几个人在小饭堂猜码的时候，小偷光顾了关老师他们几个人的房间，关老师的房间位置最偏僻，连里面的棉被和蚊帐全都被

卷走了。关老师的媳妇把金库管得紧,硬是不给买新的棉被和蚊帐,期末那几天,关老师只好和人家打通铺。

但这并不影响关老师班上的中考成绩。那年中考,关老师教的数学又拿下了全地区第一。

那年评先进,几个老师主动放弃了名额,都盘算着,该给关老师上一次先进。至少,奖金能弥补上次猜码带来的财物上的损失。

关老师那年还是没有评上先进,据说是上面审定过不了关。

开学初,关老师来收拾东西。棉被什么的都没了,两口大大的袋子,里面装的全都是书。

关老师带着两大袋子的书走了,他被市里的一所重点学校给挖走了。

陌生的邻居

六月的天,说变就变。

我刚下公交车,一场雨紧跟着脚步来了。

我用报纸盖头,钻进临街的一家商铺躲雨。商铺不大,门口转角的地方,一个擦鞋的摊子,占据了商铺橱窗的一角。

擦鞋的是个中年的汉子,瘦削的脸上,胡子拉碴,和在大街上随便看到的某个匆匆而过的脸孔没有多大的不同。

擦鞋的刚摆开他的生意铺子,商铺里的人就出来了:"喂,这里不能摆摊,这是我们的门面,挡着我们做生意了。"

擦鞋人把地上的鞋油、毛刷收拢起来,脸上堆起了笑容,说:

"不摆摊,不摆摊,就躲过这一阵雨。"

商铺里的人皱了眉。他恨不得把皱起的眉头变成扫把,把挡住生意的人都扫到一边去。

雨很快停了。我看看天,走出了商铺。

我刚走到衡阳路口,脚下传来一个声音:"嗨……"感觉那声音是在叫我。

我一看,不正是那个擦鞋的吗?他的生意居然已经在这里开张了。

"擦鞋吗?"他粲然一笑,露出了满嘴的黄牙。

"嗯。"我停住了脚步,没有说擦,也没有说不擦。我看了看脚下的鞋,擦就擦吧。对面大厦的写字楼,是我要去应聘的地方。此时,写字楼的玻璃门还紧闭着,离约定面试的时间还早着呢。再说,我的鞋子经过半条街雨水的洗礼,已经露出了庐山真面目。

一条半新不旧的毛巾,已经铺开,平摊在我的脚面上,他的拇指一旋一按,毛巾裹住了我的袜子。

"干这行多久了?"我有话没话地闲聊起来。

他的话匣子,像是打开阀门的水,流个不停。

接下来都是他说,我听。

他的故事和电视上看到的差不多,没什么新奇。

他从农村里出来,和几个老乡一起出来的,开始的时候,大家都在一个工地上打工,后来和城市熟了,大家分头自谋出路,他摆起了擦鞋的摊子,一摆就是四年。原先同来的老乡,分散在城市的各个地方,连见面也难。他说:"城市里没有山山水水,人和人却难得来往,好比隔山隔水。"

说着,鞋也擦好了。他麻利地解下了围在脚脖上的毛巾。好家伙,皮鞋经过他的手,变得锃亮,脚下的袜子,半点油星都不沾。

我心情大好,掏出5块钱,却被他的手推回来了。他说:"邻里邻居的,擦个鞋就不收钱了。"

邻居?我在心里努力地搜索着关于邻居的记忆。

毕业后来到这个陌生的城市,和人合租在小区的一个单元房里。我只是这个城市里一个新来的租客,能有什么邻居呢?

"我住楼梯转口那个铁皮房子里,不记得了?你还给我送过报纸,怎么说我都不该收你的钱。"他说。

我想起来了,楼下是有这么一个铁皮房子,原先也许是放杂物的,后来一定是精明的主人把它租出去了,于是,他就住进来了。我的那些报纸,多是从报刊亭里零星买来的,看完招工信息后,几次顺手丢在杂物房前。他把我随手的丢弃当成了好意的帮助,且自觉地把我纳入了邻居的范畴。

我恍然大悟似的说:"噢,原来我们是邻居呀。"

他说:"是啊是啊,我们是邻居。"

茫然的心头一阵温暖,我忽然觉得,对面的写字楼,也并不那么高大陌生了。我同他道别,向我应聘的地方大踏步地走去……

小河亲过我的脸

夏日的太阳,火烧一般,热。疤子光着上身,顺着河堤朝上游走去。

"疤子,干吗呢?"鱼塘边撒鱼草的村主任见到疤子,站直了身子,打了一句招呼。

疤子见是村主任,心里的火气就冒:"能干嘛,游泳去。恁大的龙须河,找不到一块游泳的地方!"

龙须河被租出去后,沿岸被租户圈起来养鱼。河水变成了鱼塘,翻冒着墨绿,腥味冲鼻。

疤子家的河滩地得天得势,在上游水源头旁,河滩地旁边的河段是个游泳的好地方。以前在地里干活若乏了,疤子就来到河边洗脸,脸埋进水里,水从耳根边划过,疤子晃着头甩来甩去,一身的疲劳就洗去了。疤子还常常扒光衣服跳进河里游泳。疤子有仰天躺在水面的本事,露着光溜溜的肚皮,摊开手脚,任水载着漂,仰头看白云在天上游过,那才叫舒坦!想起来,那块河滩地被征以后,疤子就没有来这里游过泳。

上游的河段被租出去后,疤子的河滩地也保不住了。疤子起初不肯,跟村主任急:"我家几分好田都征出去了,再征,让我一家等着喝西北风不成?"

村主任给疤子递了一根烟,疤子没接。

村主任把烟夹在疤子的耳根上,说:"你急什么急?不是会拨补偿款的吗?"

疤子能不急?那点土地补偿款给儿子盖楼花得一干二净,眼下就指靠这一块地了。疤子一急,额头上的刀疤伤口越发红亮。

村主任凑近疤子,说:"如今征地和前些年不同了。一分地补一万,你那片地少说也有五分半。多少万,你数数看?"

这话像一颗石子投水里,疤子的心里不能没有波澜了。

"想想吧,想好了再说。"村主任扔下一句话就走了。

天还没黑,疤子就找上村主任的门了,说:"我想好了。"

村主任说:"怎么想?"

"不干。"

"人家一分又多出一千。"

"不干。"

"多两千?"

"不干!"

"多三千?"

"不干!"

"驴!"村主任背着手转身进屋了。

地最终还是被征了。在村里学校读书的娃子回来,哭着脸说不把地征出去,学校不给开学籍。没有学籍,娃读不读书? 疤子一咬牙,去找村主任,说:"那块地就征了吧。"

村主任说:"你傻的,现钱拿着你怕辣手? 再说,娃子读书争气了,你还用种地?"

话是这么说,补偿款总不见下来。见到村主任,疤子又想到了那块地。仿佛他们夺走的不光是地,还夺走了自己身上的什么东西,心里生生地疼,话语里就加了几分冷。

疤子现在只想游个泳。

这里变成了水上乐园。以前疤子经常游泳的地方,做成了个方块池子。白瓷砖砌的池子里,水波漾漾。风吹皱的水,在白日下直晃眼。和下游墨绿的鱼塘水相比,这里倒是一片新的天地。只是池子的外面,拉起了钢丝网。

看池子的保安是邻村的,嘻嘻笑着伸手来拦:"要票的哦。"

疤子说:"只看,还要票?"

"看了就得要票!"

"放屁! 老子的土地,老子还不高兴卖地给你们呢,这地的根儿是老子的!"

"你!"

……

咚的一声,这回疤子真在水里游泳了。他是被对方的木棍直戳戳地推进水里的,水里翻起了好大的一朵浪花。

致命的催长剂

博士推开实验室那扇白色的门,看到速生鱼安安摇着尾巴在池子里游来游去。安安身体像个鼓鼓的皮球一般,足足比昨天大了一倍!

博士心中的惊喜涌上来,啊,成功了,成功了!博士真想扑进水里,和安安来个亲密拥抱。

安安是博士的实验鱼。安安这名字,是博士亲自取的,这里面寄托着博士的殷殷期望,希望安安能安然度过试验期。

多年以来,博士一直在潜心研究速生鱼。

在这个高速发展的时代,速生的东西并不鲜见,但它们往往有着不尽如人意的地方,拿速生鸡来说,这种鸡的肉带着化学品的怪味,吃起来像是变了味的水豆腐,这让许多人望而生畏,不敢食用。

博士很快攻克了速生鱼肉味差这道难关。博士给速生鱼注入了新鲜剂以后,速生鱼的肉质不仅没有化学药品的味道,且鲜美无比。

还有个问题困扰着博士,那就是这种鱼有个致命的弱点——难以存活。博士先前曾做过上百次试验,给速生鱼加各种生命

素，可速生鱼的存活时间一直未能突破24小时。

昨晚，博士给安安加了一种新型的催长剂，实验证明，这种催长剂太神奇了。博士按剂量给安安投放催长剂，安安现在已经安然地度过了24个小时。

博士按捺不住激动的心情，对他的助手妻子说："再加大催长剂的用量。"

加大了催长剂的用量以后，安安生长的速度大大超乎博士的想象——它的体重以立方的速度增长！这样看来，安安生长的周期可大大缩短了。

博士喜不自胜地给妻子打电话："亲爱的，我们的试验成功了！天啊，安安生长的速度大大超乎我们的意料，知道吗？它是按立方的速度生长！"

砰的一声，玻璃窗碎了。博士急忙丢下电话。

博士一下子惊呆了——这速生鱼长得过快，水池容不下它了，它的头已经伸出玻璃窗外。

安安死了，死因大大超乎博士的想象：池子太小，无法容纳快速生长的安安。安安死于缺水。另外，头部被玻璃刺伤，也加速了它的死亡。

让博士措手不及的是，速生鱼安安的体内残余着催长剂，这个死亡了的躯壳，还在不断地以惊人的速度生长着……

老娘土

电话里,满儿子支吾着说,娘,今年过年,我们就不回去了,要暖这边的新房呢。

她心里一阵空落。她晓得城里有城里的难处。她记得满儿子一家是在去年搬的新房,去年暖房,今年还暖房?过年,按这里的习俗,从外头回到家里过年的,免不了要提各种礼物,大伯家、二伯家、大哥家,还有七姑八婆的,加上自己家里的,满儿子一两个月的工资都贴进去,怕是还不够买礼。满儿子买的房,说是搞什么按揭的,等同于借钱哩。听了满儿子支吾的话后,她安慰道,来不来年都一样过,我这里有你大哥照应。

满儿子搬进了新房后,日子变得捉襟见肘。有一回,她到街上去卖鸭,收摊后,她提着两只鸭往满儿子的学校走,买菜回来的满儿媳妇从后面跟上来。满儿媳妇的手里提着两塑料兜的青菜。她问:"怎不见买肉?"满儿媳妇的脸一红,说:"冰箱里有,不用买了。"到了满儿子家里,她留意地看了冰箱,哪里有什么肉?她暗暗责怪自己,刚才没有多留几只鸭。

年过后,满儿子来了一趟家。看满儿子手里提着东西,她责怪道:"我这里哪样都不缺,你人来了就好。"满儿子要回城,她给满儿子装袋子,她把袋子塞得满满的。满儿子有些难为情:"娘……"她说:"现在家里不像以前,土地好得很,种什么收什么,养什么得什么,还有政府补贴,我一个人能吃多少?"满儿子嫌重,只提

了那袋新米。临出门时,满儿子转过头,说:"娘,我阳台上缺点花草,想带些回去种。"她给满儿子挖了几棵假辣子、几株沙姜,还挖了几枝一串红,她隐隐感到,满儿子是有意要多拿东西,好让她心里过意得去。

第二天,她把满儿子没肯带进城的东西收放进一个麻布袋里。试了重,又往袋里塞了几把山笋,装了满满的一大袋。她起了个大早,到屋后挖了几铲土,筛细了,装在塑料兜里。满儿子带进城的花花草草,培上原土,就好活了。种了一辈子地的她,知道花呀草呀也同庄稼一样,恋着旧土哩。

开了门,满儿子见是她,忙卸下她背上的麻布袋子:"娘?老远的路,你还背东西?"语气里有了责怪,她的腿脚老早就有风湿病,满儿子反对她走远路。她说:"我搭车来的,不碍事。"

满儿子看她还带了一包土,有些奇怪:"娘,大老远的还扛了一包土?"

她说:"这是花草原生的土,上次忘了给你带了。花草要到一个新地方,给培上娘家的土,就好活了。"

"娘呀……"满儿子的眼里有了湿亮的光,他没往下说,默不作声地把土拢在一处,一小把一小把地撒到每个花盆里。

她说:"我的满儿,多难都没有以前难……"这阵子她听满儿子提起要到广东那边去。村里下广东的人,有人发财了,也不晓得走的什么路径。想到满儿子下广东的事,她心里总悬着。

"村里的大强,从广东回来,新买了一部四轮小轿车,车刚开到家门口,人就被公安带走了呢。"

"娘,我到广东那边,是去进修学习呢。"满儿子说。见她愣着,满儿子说:"是去大学里读书。"

她悬着的心终归放下了,又闲话了一会儿,便要回家了。

临出门,她偷偷在孙子的枕头下面压了一千块钱——那是大儿子过年给她的红包,还有就是她卖年货积攒下来的。她想好了,回头到家里了,再到村小卖部给满儿子打个电话,说那是她留给小孙子的压岁钱。

脚经不起折腾,又痛了起来,她极力把步子迈得轻快,她能看得到身后的满儿子的眼睛呢。

山温水软

我爷爷携着我上鸡公山那会儿,我还不满一岁。

我在鸡公山上和草木为伴,像草木一样疯长。

一天,我爷爷突然对我说:"龟孙子,该到读书识字的时候了。"我问爷爷:"读书识字干吗?"爷爷说:"有用,准有用,要不黄麻子会让他俩儿子都识字?等你识了字,想娶哪个婆娘就娶哪个婆娘,想留洋就留洋,就像黄麻子……"我爷爷突然间闭嘴了,他老人家原先在黄麻子家做活,后来我奶奶不明不白地死在黄麻子家后院的一口水井里,我爷爷一提黄麻子就恨得牙痒痒。我爷爷在鸡公山坐上大当家的位子后,把黄麻子家洗劫得一干二净。黄家偌大的宅院里,人逃的逃,散的散,只剩下原先教书的老先生。

在一个月黑风高的夜晚,我爷爷派去的人五花大绑地把老先生请上了鸡公山。

老先生被请上山的头一天,照惯例被投在一间黑暗的房子里。送饭回来的人说,好个老头子,每天大碗吃肉,大碗喝酒,逍

遥快活得很。

几天后，爷爷把老先生请到土台上，一把将我拎到前台："还不快给先生磕头？以后你就好好跟先生认字，不许偷懒！"我偷偷抬眼看，只见先生瘦得像竹竿，一阵风就能吹倒的样子。见我还愣着，爷爷从背后给我来了一下："龟孙子，跪下！"我顺势往前一倒，这就算是给先生行大礼了。

先生第一堂课就教我写了自己的名字，还认了他的名字：文逸轩，他告诉我，以后就叫"文先生"。

文先生教书的地方不固定，有时候在山洞里，有时候又在菜园子里。文先生说，花鸟虫鱼，都入书的，识得花鸟虫鱼，才识得书。文先生教我认字，也教认草木，认虫鸟。我爷爷可不管这些，晚上，他老人家看到我摇头晃脑地读什么"断竹续竹，飞土逐肉"或什么"江山如画"，便认定我脑子是长进了，竟允许文先生带着我满地跑。

后来，我爷爷还特许文先生带着我出了一趟鸡公山。

那是我第一次看到鸡公山外的天地。河水弯弯绕绕，绿腰带一样缠着青翠的山，文先生指着河水，说："这是清水河，清水河下游，就是我们的家乡天宝镇。"

我问道："清水河下游还往下走呢？"

"归入邕江。"

"那邕江呢？"

"归入大海。"

"那大海呢？"

"大海？大海远着呢。"文先生望着远方，仿佛在对着大海沉吟，"山河破碎风飘絮……"我那时真不知道文先生在感叹什么。

文先生白天给我上课，晚上呢，他的快活，那就是和我爷爷搏杀象棋。我爷爷在黄麻子家牛棚里住的那段日子,练得了一手的好棋。在鸡公山上,我爷爷还没遇到一个对手。

文先生下棋时,半天不说一句话,突然三下五除二,就把我爷爷杀了个片甲不留。我爷爷瞪眼,下令文先生再来一局,文先生委婉推辞:"改天再来一盘如何?"奇怪的是,一向说一不二的爷爷在这个瘦弱的先生面前,倒是唯唯诺诺的。听先生这么说,我爷爷连忙称是。

此后,在我爷爷住的石屋里,两凳一桌前,两人常常相对而坐。桐油灯枯尽,屋内还嘈嘈切切,谁都以为我爷爷和文先生在彻夜鏖战。直到有一天,我爷爷突然宣布了一个惊人的消息:整队下山。人们这才醒悟过来,可谁也不知文先生跟我爷爷都谈了些什么,以致让我爷爷换脑袋似的换了一个人。那一天,整个鸡公山都沸腾了。

我爷爷就这样结束了11年的土匪生涯,下了鸡公山,回到他常常念叨的天宝镇。那是1939年的秋天,鸡公山上满山红枫如烈焰一般熊熊,如旗帜一般耀眼。

爷爷带的队伍,很快被收编,投入到昆仑关一带的战斗中。

多年以后,漂洋过海的我归来,特意去了昆仑关——我爷爷的名字,永远留在昆仑关战役纪念碑上了,紧挨着我爷爷名字的,是黄麻子两个儿子的名字!他们——文先生早年的学生,双双把自己留在这片土地上了。

文先生则和我们天宝镇的祖祖辈辈一样,长眠在镇东的一座无名小山上。那地方,背靠鸡公山,前临清水河,山温水软,清流如歌,是块宝地。

寻找清白

黄泥村的年,是从腊月廿三开始的。跨进小年的门槛后,眼看就是大年了。

空气里到处是稠稠的年味。

小年刚过,一个消息传来:李二旺去了。

这李二旺,好端端的,日子刚要拨开乌云见日月,竟撒手了?

李二旺的命不旺。

李二旺二十岁那年的一天,钻到后山的林子里寻蝉蜕。几天后,李二旺去供销社卖蝉蜕,路上,被一副冰冷的手铐铐住了双手,人被带上了警车。

李二旺愣愣地问:"我,我犯了什么错?"

派出所的警察说:"什么错?你跟我们走一趟就明白自己犯了多大罪。"原来,那天进林子寻蝉蜕的,还有邻村的山妮。李二旺出林子了,山妮却再也没有走出林子。人们只在林子里找到了山妮的一只鞋。鞋子旁边的树上,挂着李二旺的竹帽……

李二旺后来被关了,后来又被放出来了,说是证据不足,但李二旺的头发都白了。

村里分责任田那年,李二旺还在牢里,自然分不到田。李二旺走到哪,人们看他的眼总是斜的。李二旺早过了说媳妇的年龄,一个人,年过得冷冷清清的。

那年过大年后,鞭炮的响声还震着人的耳膜,各家都还咂摸着酒肉的味道,李二旺就出门了。

李二旺家门紧闭,对联孤零零地贴在门的两旁。

这李二旺去哪儿?

谁知道呢。

有人说李二旺在莆田的一家鞋厂看门。没多久,有人又说李二旺转地方了,到了广东的一个工地扛水泥包。人们还没回过神来,李二旺又转战上海了。李二旺就像一只流浪猫一样,不停地换地方,没个定所。

李二旺回来,是在年前。李二旺右手的袖管,竟是空的。屋前的蒿草长得齐膝高了,门前的对联早就脱落,几张蜘蛛网在那晃悠。

人们从李二旺的嘴里得到了证实,李二旺在找山妮。

二旺啊二旺,你就好好架锅头过日子吧,还有几年的活头?山妮要是还活着,她自己早回来了,用你满世界去找?村主任说。

李二旺低着头盘坐在门前的石凳上,一动不动。良久,才说,我一定要为自己找回一个清白。

清白不清白,唉,谁还记得呢,这么多年过去了。村主任摇头,这李二旺。

人们叹气了,李二旺坐牢,坐出精神病来了。死了的人,能找回来?

那年过大年后,鞭炮的响声还震着人的耳膜,各家都还咂摸着酒肉的味道,李二旺甩着空袖管又出门了。

转眼,李二旺迈入六十岁的门槛了。李二旺的耳朵也不灵了,人问,二旺啊二旺,还出去?

李二旺说,听得见,听得见,还能听见蝉鸣哩。

村主任找到李二旺,说二旺,上级给你的补偿款,该够你度晚

年了吧？要嫌一个人冷清,搬到村养老院去,每天下下棋,看看花啊草啊,也该享福了。

没几天,李二旺又出门了。

小年那天,一个惊天的消息从邻村传到了黄泥村:山妮回来了!"死"了三十多年的山妮,自己回家来了。

人们想到了李二旺,却看到李二旺穿戴得整整齐齐的,躺在床上,身体已经发冷,神情却极为安详。

那年正好是哑年,整个黄泥村没有一家放鞭炮。没有往年的喧闹,年变得静悄悄的。

都说李二旺值当了,过年不放炮的待遇,可是百岁老人过世才有的,他硬是赶上了呢。

冷烟花

小年后,天更是彻头彻尾地冷了。

老段狠吸了一口气,搓着手,走出工棚。

早晨的工地,还笼罩在一层蓝雾里,像没有睁开眼的样子。老段今天的工作是切割钢筋,这个技术活,老段很拿手。这活是计件的,做得多挣得多。老段一上阵,就甩开膀子切,老段也记不清自己到底割了多少钢筋。下班的时候,看着小山一样的一堆成果,老段对着满大街闪烁的灯,眯着眼无声地笑了。

走出工地门口,老段甩了甩手臂,觉得今天的手臂有些沉。

干活干多了,手臂是不显娇贵的,有些酸痛是会有的,但今天的手怎么这么沉重了呢？

老段下意识地摸了摸自己的额头，老段最担心的事情还是得到了验证了，头有些发烫。昨天就流了些清鼻涕，老段让伙房里的老乡煮了碗姜汤，难不成姜汤白喝了？

出了工地门，左拐不远处有个叫养生堂的药店，老段特意去了药店。老段想，年前是不能病倒的。老段买了盒先锋，先锋老段用过，觉得这种药一般的病都能治。

在伙房里吃饭的当儿，老段用菜汤把药送服了。天刚黑，老段早早就睡下了。

刚翻个身，老乡就进来了。老乡一进来就推老段："嘿，今晚有热闹看，你睡那么早干吗？"

"困……"老段含含糊糊地说一声，就睡过去了。

老乡把老段推醒，说："快点！起来！要放烟花啰。"

老段睁着蒙眬的睡眼，说："不看，睡了。"

老乡说："看不看由不得你了，厂里要点名。"

老段翻身下床了。多年的经验让老段明白，点名就是命令。听老乡说，这次点名，到场的给发奖金呢，整整100快！更重要的是，老段还得在这个工地干活儿，点名可不能缺勤。

老段赶到工地旁边的宽阔草坪上时，组长正端着本子点到老段的名字，老段振作了一下，响亮地喊："到！"老段心想，这一"到"，值。

老段他们刚在指定的地方站好，就有人鼓掌了，有领导模样的人在台上讲话，有拿摄像机的对着领导拍，接下来就是焰火晚会，烟花吱吱呀呀地叫着，争着往天上飞去，开花。

听旁边的一个工友说，工地里太多的人回家过年了，人头不够，领导要下来送温暖，要工地里的人都出来集中，还从外面

"买"了一些人来凑数。老段也就明白了为什么组长要点名了。

天空中的烟花是越来越热闹了。老段抱起手,冷。老段吸了一口气,还是冷。分明裹上了大衣,怎么这么冷?看满天的烟花,全都冷冷地朝着自己瞪眼……

第二天,老段欠了欠身子,全身无力,起不来了。发现老段起不来的是老乡,老乡把老段送到医院里了。

老段很快醒过来。这几天住院,算起来花了两千多。老段心中隐隐作痛,人家看烟花,看出一天的工钱来,自己咋就这样不争气,看不来钱也就算了,还丢了整整一个月的工钱啊。

和官垌鱼有关的幸福

肖丹慷慨地请我们到金鸿门吃海鲜。吃到半席,肖丹突然宣布,要嫁人了。

我以为肖丹在开玩笑,便脱口而出,嫁那个土老鳖?

土老鳖来找过肖丹几次,人在车里,把喇叭按得叭叭响。有一次还来擂门,看样子,至少比肖丹大20岁。我看见肖丹的脸倏地红了。

那时候,我和肖丹合租在南宁市郊石柱岭那一带的民房里,一直找不到理想的工作,只能打零工。

我理想中的工作标准一而再,再而三地降低,由大企业变为专业对口再改为能自食其力。肖丹不再坚持找工作了,她说只能相信干得好不如嫁得好。我除了祝福还能说什么呢?

肖丹的婚礼极其隆重,婚房的豪华吊灯顶得上我们当时大半年的工资。肖丹打扮得也很隆重,在酒席间穿梭敬酒。酒席间,脸儿飞红的肖丹没忘了和我私聊几句,她指着腾腾直冒热气的石锅,伏在我耳边说:"石锅里的鱼,都是从官垌镇专程运来的,要多吃点,吃好喝好哦。"

吃鱼是那时我和肖丹共同的爱好。我们曾一起规划过,谁先找到正式的工作,要请吃石锅鱼。

我们理想的鱼早就游到爪哇国里去了。肖丹现在捕获的是真的大鱼。

肖丹开始在博客里晒她的那些幸福的小日子,内容时常更新:LV包的颜色啦,阿玛尼的款式啦,丽江小镇的休闲游啦,石锅官垌鱼的做法啦……肖丹对官垌鱼情有独钟。

"官垌鱼出产于官垌镇,官垌镇地处六万山腹地,山上林木葱翠,山下涧水终年不断,那一带的人就在沟沿路边、房前屋后或田头地角开挖小鱼窝,引来山泉水养鱼,鱼窝面积通常都很小,收获的鱼也有限,这种小窝养的大鱼是高级酒楼的菜品。"

这是我从肖丹的博客里看到的有关官垌鱼的介绍。

电话里,肖丹热情洋溢地对我说:"你一定要来,尝尝正宗的石锅官垌鱼,我老公他亲自从官垌采购的鱼。我们家保姆最会做石锅官垌鱼这道菜了——你什么时候才能来呢?你要是来,我保证亲自掌勺侍候你吃好喝好。"

我对这个沉浸在幸福中的小女人说:"亲自掌勺?得了吧你,我怀疑你都丧失劳动能力了。再说吧。"

我找到了一份工,和肖丹再相见的日子被繁忙的工作无限期地延后了。

此后,肖丹打来过几回电话,她可没忘了提官垌鱼。

电话里,肖丹又饶有兴致地说:"我老公他自己从不吃鱼,不过,他知道我爱吃鱼,所以常常下官垌。那时候,我刚生下宝宝,没有奶水,有人说,鱼炖猪脚,最能催奶。那段时间,他每天都要下官垌,买新鲜的鱼。从我们这里到官垌,一个来回,两百多公里路,他乐此不疲呢。"

仿佛,我再不去给肖丹的甜蜜生活捧捧场,不去尝尝她的石锅官垌鱼,就等于欠她人情了,我是不能辜负她的盛情了。

然而,肖丹仿佛突然失联了一般,手机怎么都打不通。

我找到了在法院工作的老同学,说肖丹老早就说请吃石锅官垌鱼,多拉几个人去,那土老鳖,早该放他一点儿血了。

老同学惊诧地看着我,说:"肖丹的事情,你真不知道?"

我问:"什么事啊?"

"离了。"

"她……怎么?不可能。"

"我亲自办的手续,还有假?那男的不是很爱下官垌么?人家在官垌那里有别墅,养小的。跑官垌比跑家里还勤。"

再次见到肖丹,是在一次同学聚会上。肖丹瘦了许多,眼里却多了神采,一头短发,清清爽爽的。

聚会之后,肖丹拉着我去了一趟交易场,一下子买了好几包咸鱼。面对我疑惑的目光,肖丹坦然地笑了,那里山高,买东西不便,爱鱼依旧嘛,嘿嘿,那地方,不通水,一年到头难得闻到鱼的味道。不过,真是很干净的地方,天空像是水洗过一样,湛蓝湛蓝的,纯净,透明,真的。还有啊,那地方信号也不好,找我,得亲自登门,哪天你去,就请你吃咸鱼了。

肖丹说的,是她去支教的地方。一定要去的,一定!

会踩水的人

响哥会踩水,这一点,黄泥村的人都不得不服气。

黄泥村的村前是龙须河,村后鉴水河哗哗流过,出门就是河水。黄泥村的猴子都会游泳,更不用说人了。黄泥村人会游泳是天生的,无师自通的,游泳的能人多得是,但会踩水的,独响哥一人。

响哥整个人在水里直立,手像桨似的在水面上划拉,三五下,就给划过对岸去了。

开始没人相信,都说他吹牛,你分明是踩着河底过河的!

响哥抹了一把脸,说,我的脚就没触底儿,踩着水过来的。

争论的双方分成两派,一派以响哥为首,另一派以豁牙为首,双方激烈地争吵起来。最后,大家约定,到青马潭里验证。

青马潭在龙须河和鉴水河交汇的地方,两道河水流到那里,被青马山拦腰截住,再掉头向东。掉头处形成的水潭,叫青马潭,老一辈都说那是个无底的深潭。潭水深绿深绿,绿得叫人心颤。平日里,谁家的小孩若是敢到潭边玩,少说也挨一顿骂。

两派的人都在摩拳擦掌,浩浩荡荡地向青马潭进发。

响哥早叫人放竹排下水,桨一拨,竹排飞快地向前划去。等竹排稳在潭中央,那人用长竹竿探进水里,向岸边的人说,瞪大眼睛看好了,这竹竿没顶了,人下去没顶不没顶?

这边人说,废话少说,有种马上踩水过去啊。

那边人说，没有金刚钻，别揽瓷器活儿——看吧！

这边人一起呼喝，踩啊，踩啊！

人们还沉浸在吵嘴中，响哥已扒下了长裤，踏进水里。

刚才还七嘴八舌的人们，顿时都住嘴了，伸颈，拉长目光，看着响哥平地使犁铧一般，划出一道水花。在人们的目瞪口呆中，响哥犁进深潭中。哗啦，哗啦，一阵水声，响哥早划到水潭中心，只有瓢瓜样的光头露出水面。

那年夏天，天像是漏了一个大窟窿，没日没夜地下雨。

河水涨成一片，我们黄泥村成水村了。

响哥在屋后的水塘里捞了一篓子的鱼。

响哥想表现一番，急着要往小珍家送鱼。小珍是响哥没过门的媳妇，响哥这算是送追礼。送追礼是我们黄泥村的习俗，媳妇没过门，逢年过节或遇上收获时节，男方都要给女方家送东西，叫送追礼。追礼可谓五花八门，鸡鸭鱼，新收获下来的米，刚摘的山栗子，拿到女方家，便是厚重的追礼。追礼的疏密，关系到双方的亲疏程度哩。响哥送追礼都送好些年了，小珍那边总是不咸不淡的，就不谈婚嫁的事。眼见着，响哥都要进入三十岁的门槛了，能不急吗？这下子，响哥追礼送得更是勤快了。这不，捕获了一篓子的鱼，响哥不敢怠慢，即刻给未来的亲家送去了。

响哥借来了豁牙新买的电动车。豁牙在前面把方向，响哥叉着两腿骑在后座上，背上还背着个大鱼篓，车子丁零丁零，两人一路风光无限。那天水刚退了些，石桥上的水才没过小腿。过石桥时，豁牙心疼车子，偏要扛着车子过河。响哥便在前面引路，没想到一脚踩空，把自己导到河里去了。豁牙眼睁睁地看着响哥随着湍流直冲到下游。

豁牙丢下车子，沿着河岸蹚着没膝深的水一路追着往下跑，哪里能见到响哥的影子?

天过晌午,人们都觉得无望的时候,响哥活生生地出现在村子里。

怎么没死?

响哥把鱼篓哐当地放地上,说,送完追礼回来了。

那些鱼,都送河里去了吧?那么湍急的水!

哪里,小珍的家,不正在下游吗?顺着就把追礼送上门去了。

谁会信呢!

不过,那年年底,小珍确确实实地嫁到我们黄泥村里来了。

闹长桌(我们这里闹洞房不在洞房里,在堂屋连起来的长桌前闹,称"闹长桌")那天,众人笑谈响哥踩水送追礼的事,小珍脸儿红红的,说有那事?谁信!

众人吵吵嚷嚷着要响哥一试身手。响哥推三推四地不肯就范,说愿意自罚喝三大碗。响哥喝得脸膛儿红通亮堂,两眼泛着光。

夏收那时发大水,水淹没了农田。几个在农田里玩耍的娃子随着稻草堆被卷进河里。路过的响哥踩进水里,把娃子一个一个托举上岸,自己却再没上来。激流中,山一样的稻草,把响哥压在了水下。

最后一个救上来的娃子,便是豁牙的独子。村人们送响哥上山那天,豁牙长跪着,抚着寿材,号啕大哭,天不公平啊!多能的一个人……让水把他吃了……

村里最年长的大爷瞪眼竖眉,要没那堆稻草,水能吃了响哥?响哥这是掌管水族去了咧!

阳光刺眼

老蔫正光着膀子,坐在一个大木盆前,给鸡净毛。这老蔫,思想觉悟了嘛。

为了动员老蔫杀几只鸡,村主任磨破了嘴皮,都没说动。

村主任找到我,递了烟,弯腰低眉地和我对接点了火,才说,校长,这次电视台来捐赠,可是奔着你们学校来的,中午的伙饭却要在村里解决,我解决不了,你们学校可得想想办法。

我说,什么事村主任都解决不了?

村主任说,我把户头从东点到西,村子里能拿出鸡的,就老蔫家了,叫老蔫先出几只鸡,年底结算,老蔫死活不肯。

我说,想办法给现钱,不就解决了?

村主任说,后来答应给现钱了,老蔫还是一口咬定,说一只鸡都不卖,这倔驴!村主任抬眼看了看头顶上的日头,愁眉苦脸地说,不是圩日,现在到哪里去找人家买土鸡?上面的可千交代万交代要搞到土鸡的。

电视台这次来捐赠,搞得镇政府如临大敌,要村里想办法解决午饭的问题。村主任说若是说不通老蔫,就拿不到鸡,拿不到鸡,午饭的事就得在那里晾晒着。

我看日头刚转到学校操场那角,我说,不就是一泡子尿大的事嘛。

老蔫的独苗儿子,就在我们学校里读书,要说服老蔫,得先说服他的独苗儿子周周。

我把周周叫到办公室里,让他给老爹捎去几句话,不外乎强调下这次捐赠的意义什么的,然后,让周周回去传话,让他爹立马杀五只鸡等候。

下课后,我撇下手头的事,朝下弯村的草路走去——老鸢的家,在下弯村。

我走进老鸢的院子,老鸢头也没抬,吭哧吭哧地给一只鸡开膛破肚。这下好了,不用我亲自动嘴,老鸢就自觉用行动支持村里的工作了。

老鸢宝贝他的儿子,凡是和他儿子相关的事,就算要砍他的头,他也会双手奉上。

11点多,捐赠会如期举行,捐赠会后是象征性的联欢,等记者要了一些镜头后,我带着捐赠的队伍往下弯的老鸢家走。

老鸢早把饭菜整好,临时借来的几张饭桌,拼接成一个长桌子,一溜儿排在石榴树下。

客人吃得很尽兴,拍摄任务也完成得很圆满。

这次接待,皆大欢喜。

第二天,我叫几个老师清点爱心捐赠的物品,挑了一些和学习相关的留给学校,旧衣物、鞋子之类的,由村主任通知下弯村的村民来领。

老鸢却不见来。我特意托一个老师带了两大袋子捐赠的衣物,给老鸢一家带去。

第二天,那老师却提着袋子回来了,说是老鸢给退回来的,老鸢说去年得到的捐赠的旧衣服,还有两箱,里三层外三层地穿,还穿不完呢。末了,他还把村里和学校骂了一大通。

这老鸢!我说。

周末,我带了三四个老师一起去下弯,要家访老莺。有什么拿不下的问题,饭桌上解决。这里的乡风,就是这样子。

老莺院子的木门上上了铁锁。

老莺隔壁的歪脖子说,老莺出去打工了。这次怕是要长久出去呢,连崽儿也都带上了。

打工了?老莺跛着一只脚,能打什么工。

歪脖子说,老莺原本留着几只鸡,说要留作种鸡的,前几天,被村里一场招待吃光了。老莺气得呀,提着一把刀,把屋前屋后的果树都砍了个精光,锁门,走人了。

院子里空荡荡的,阳光白亮白亮,刺得人的眼睛生疼。

娱乐时代

顺子蹲在桥头上啃着冷馒头,忧心忡忡地规划着明天找工作的事。路灯是在那个时候点亮的,顺子的眼光,突然看到了电线杆上的招工启事,顺子按上面的电话号码拨过去,电话通了,对方说是娱乐城,正在招工,还缺一个名额。

第二天一大早,顺子就找到了那个地方。

找工作的事,说难也难,说容易也容易。顺子在那天早上找到了工作。

主管说:"今天你先熟悉熟悉环境,明天开始上班。"

娱乐城的名字叫娱乐时代,顺子工作的地方在"鬼区",鬼区有与鬼相关的各种娱乐项目,五花八门,比如"鬼迷心窍"是走迷宫的,"鬼哭狼嚎"是一种能翻转的过山车,"吝啬鬼"是一个投币就能吐出东西的机器。鬼区门口有个醒目的招牌:有钱能使鬼推磨,顺子看见牌子下面有一排石磨,每个石磨旁站着一个姑娘,扮成女鬼模样的姑娘一个赛一个招眼,一个比一个漂亮。

顺子具体负责的工作是在鬼屋里扮恶鬼。

顺子换上了工作服,那是戏装一样的花绸袍子,还得戴上面具。顺子朝镜子中的自己挤眉弄眼,嘿!青面,獠牙,熊腰,还真是鬼模鬼样。

主管说:"记住,现在你就是娱乐鬼。游客怎么弄你玩你,你都得陪着,让游客娱乐到疯狂,就是我们的工作。"

顺子进了鬼屋隧道,隧洞里鬼火一样的灯光忽而闪烁一下,忽而全黑下来,凄厉的音乐让顺子毛发直竖。

顺子找到地方站好脚,第一车游客就进来了。顺子打亮了安在眼睛部位的灯——眼珠子,一束强光射向游客,一个女游客撕心裂肺地叫起来。顺子不失时机地做出了一个饿虎扑食的动作,游客尖叫起来:

"太刺激了!"

"过瘾死了!"

游客兴奋地跳下车,扯着顺子的衣服,摘下他的瓜皮帽,说:"哈哈!光头青面鬼!"

顺子刚把帽子戴上,一只手就摸到了他脸上,摘下了面具,说:"揭鬼皮,揭鬼皮!摸到鬼脸了!"

几只手同时伸向了顺子的脸,顺子弯下了身子。突然,有人把顺子的长袍扯落了,顺子上身变得光溜溜的。几双手往顺子的身上摸:"太刺激了!过瘾死了!"

顺子一个趔趄扑倒在电瓶车上,差点送了命!顺子后来总结了经验,以后少和游客有身体接触,饿虎扑食的动作也做得不那么卖命了。

　　游客没那么好糊弄。有一天,顺子正张着獠牙在那里扮小丑跳,有人说:"这鬼不够厉,没什么好玩,一点意思都没有!"有人说:"我看就是个冒牌鬼!"话音刚落,一个瓶子在顺子的头上开花,顺子捂着脸出洞一看,满脸鲜血……

　　脸上缝了针,顺子再次站在鬼屋洞口,换上工作服,站在镜子前面,他都不敢看自己了。

　　领到了工伤补贴,顺子的心里还是空落落的,像是缺了什么。走过"有钱能使鬼推磨"那地方,顺子知道自己需要什么了。

　　女鬼的扮相格外妖艳,上了浓彩的眼睛扑闪扑闪,浓黑的睫毛,像一把往外翻卷的小钩子,勾人得很。一个女鬼笑容可掬地说:"有钱能使鬼推磨,很好玩的哦。"说着,她把柳腰弯下,做出要推磨的姿势。顺子的眼光落到女鬼的身上,藕绿的短袄下露出了一截白嫩的腰,桃粉的薄丝绸裤子,裹不住里面两个肥胖的肉馒头。顺子看着看着,咽了口唾沫。

　　磨是电磨,人不过是系上安全带趴在横杆上跟着转。顺子开始玩的是"比翼双飞",女鬼在左,顺子在右,围着磨盘飞转。顺子觉得这样推磨不够过瘾,后来索性和女鬼在同一边玩"夫妻双双把磨推",女鬼被逗弄得咯咯咯笑个不停。

　　顺子连买了三次票,顺子从"有钱能使鬼推磨"下来,连连大呼:"太刺激了!过瘾死了!"

　　顺子还是有些遗憾,人太多,顺子只在粉嫩的馒头上偷偷地摸了一把。

小　武

一

年初，老李从邻村抱回了一只小黑狗。读五年级的儿子小文当天就给小黑狗起了名，说："就叫小武。""为什么叫小武？"小文说："我叫小文，它就叫小武。"老李说："那就叫小武。"

后来，老李进城打工。出门时，小文躲在厨房里抹眼泪。老李走出村口，小武追了出来。"回去，回去！"老李喝道。小武不敢再追上来，扭头往家的方向跑。等老李到了镇上的车站，买了票刚坐下时，小武不知从哪儿钻出来，在老李的裤脚下蹭来蹭去。老李的鼻子一阵酸："傻样儿！"手不由自主地把小武搂了搂。

老李上了开往城里的车，挥挥手："回去吧，好好陪家里的小文。"小武仿佛听懂了老李的话，不再跟上来。

老李打工的工地，挺偏的。那天收工回宿舍时，老李看到了一条小黑狗。"咦，小武？"老李仔细打量起小黑狗来：一身黑毛乱蓬蓬的，有的毛打成卷儿，上面沾满了泥巴、草屑，头顶上的一圈杂毛，看不出是白色还是黄色——小武的脖子上没有杂毛，这是一只流浪狗。

这只流浪狗像是认识老李很久似的，不声不响地跟在老李的后面走。老李停，它也停；老李走，它也走。等老李进了宿舍，洗漱完，拿着饭盒出来打饭时，一眼又看见了小黑狗。"小武，嘿，

我就当你是小武吧。"老李自言自语道,"如果你愿意当小武,你就坐这里等着,傻瓜蛋!"说来也奇怪,老李提着饭盒回来时,那家伙像个听话的孩子一般,还在原地一动不动地等候。

此后,老李有饭吃,总少不了小武的。工友们也宽容地把墙角的位置让给小武做窝。这小家伙懂得黏人,每天送老李他们上班,见到老李他们下班回来,尾巴舞得像风中的花枝,很招人喜爱。几个月过去,小武的毛变得油黑光亮的,个儿也长了不少。

转眼,年近了。老李盘算着领了工钱回家,差不多一年没见儿子小文了。小文自小就没了娘,自己出来打工,小文只能靠着自己的老娘照顾。想到七十多岁的老娘,老李更是恨不得长了翅膀就飞回家里。

这时,一个消息风一般传遍了工地:工头人间蒸发了!

老李急得嘴角起泡:"前几天还看到工头在工地转悠,怎么说蒸发就蒸发了呢?"

工地空场上,工友们群情激愤:

"年关了,这老狐狸肯定躲起来了。"

"他这是有意躲着,不给我们发工钱。"

"……"

老李在一旁听着,恨得牙痒痒。

当晚,老李躺在床上,怎么也睡不着。对床的小喜,也像是在翻烙饼一样翻来覆去。

"你也睡不着?"小喜说话了。

"是啊,年逼近了,总不能空着手回去过年吧?"老李叹道。

"我们出去走一趟?"小喜说。

老李知道小喜说的"走一趟"的意思,小喜每次"走一趟"回来,总有一些来历不明的东西,手表啦,皮衣啦,高级打火机啦,什么都有。小喜把这些东西低价处理给工友们,赚了不少钱。听到小喜说"走一趟",老李沉默了。见老李不语,小喜说:"我们不做坏事,专拿工头那老狐狸的东西,就当给我们自己讨回工钱,怕什么!是他欠我们的。"

鬼使神差一般,老李一骨碌爬了起来。

刚走到工地门口,老李的脚下绊到了一团肉乎乎的东西,老李一看:"小武!"

小武咬着老李的裤脚,呜呜地叫着,像是个受委屈的孩子。小文难过时就是这样呜呜地抽动着肩膀的,老李眼前浮现出小文的脸,还有,家中常常蹭着自己裤脚的小武,低矮而温暖的小屋……蓦地,老李蹲下来,对小喜说:"我不去了,你也别去了,这样多不好。"

小喜没听到一般,一个人走进夜色里。

第二天,小喜没有回来,听说被收进去了。

工头倒是回来了,说是筹到工钱了。工友们一个个喜气洋洋地围在工头身边,等着点名字发工钱。

老李一拿到工钱,就买了车票,踏上了回家的路。老李想带着小武回家的,但大家都说,狗儿上不了车。工头说:"我帮你养着它,过年开春后,你回来再还给你,你还信不过我吗?"

"信得过,信得过!"老李对工头说。他心想,要是开春再来,一定还来这里。

走出工地宿舍的时候,老李停住了,特意转回去,抱了抱小武。

二

老李把行李包里的东西一样一样地拿出来。

"羽绒服。"

"球鞋。"

"小电筒。"

……

"喏,还有一个汉堡包!"老李把"汉堡包"叫得格外响。儿子小文从英语课本上学到"汉堡包",有一回和老李提起"汉堡包",说是外国的粮食。老李进了城,就格外注意起"汉堡包"来,老李知道城里有卖外国的东西。

那天老李买了车票后,特意去找了汉堡包,最后选了有塑料袋包装的那种,包装好的留个三两天不是问题。

小文看到汉堡包,眼睛放起了亮光。小文拿了汉堡包,突然转身,闪电一般溜出门了。

老李追了出去:"你去哪啊,小文？嘿,老子刚到家,话都没说几句,你就跑了?"

小文跑得风一样快,很快把老李的话甩在身后了。

小半日后,小文回来了,跟着回来的,可不是小武么？一年不见,小武都长高喽,也是巧了,家里的小武和城里的小武一般高大。

小武没怎么理会老李,撒着欢跟在小文身后。

厨房里传来小文的声音:"看你急的,再急不给你吃!"

老李看到小文把汉堡包掰开,一片一片抛在空中,汉堡包像叶片一样落下来,小武直立着身子,跳着吃落下来的食物。

"小文,你自己不吃?"

小文看了老李一眼,好像没听见他的话,只顾和小武笑闹着:"吃吧,吃吧,不快点吃我要抢了!"

老李呆呆地站着,心想,从进家到现在,小文还没和自己说过一整句话呢,倒是和小武亲热着,这孩子怎么了?

这时,老娘把菜端上桌了,菜很丰盛,都是老李常常念叨着的家乡菜:白切土鸡、酿豆腐、炒粉丝……满满的一桌子菜,老娘不停地夹菜,给老李,给小文。一家子却吃得索然寡味。

吃过饭,小文闷声不响地玩起了电视上的电子游戏。

老李说:"小文变了样,闷闷的。"

"他呀,和狗儿亲着呢,每天和狗儿说话。我给他做一个蛋汤,他自己吃小半,大半都倒给狗儿吃。"

老李低头不语。

老娘责怪道:"他阿妈走后,他就少说话了。你再扔他一个人在家里,他更懒得理你了。"

这天是大年前的最后一个圩日,老李带着小文、小武去赶圩。走出村头时,远远地,老李看到前面来了一道熟悉的黑影。

"小武,小武!"老李迎了上去,果真是小武,它瘦了一圈,毛也沾了不少污东西,老李还是一眼认出来了,"千远万远的,你怎么来了?"

身后的小文和小武也跑了上来。小文用一种怪怪的眼神看着老李:"爹,你叫它什么?"

"小武,他也叫小武。"老李说。

"它不是小武!"小文冷冷地说,"小武,走,我们走。"说完,他甩下发愣的老李,走到前面去了。

年后,老李跟工头请了假,老李说,得好好地陪着小文、小武和小乐过完元宵节。

小乐是父子俩给城里来的小武取的新名。

桥

大学生村干部苏年丰刚到河边,抬眼看见从石围那边过来一行人,再看,领头的是新上任的人称马大炮的马乡长,心里不由瑟缩了一下。

马大炮光着脚,手里提着两只皮鞋。吧嗒,两只鞋一左一右落在苏年丰的面前。

没容苏年丰问候一句,马大炮就开炮了:"苏大主任你瞧吧,每次进你们村,过这个鬼门关,都得像青蛙一样蹦着走,你看我把自己都蹦到水里了,两只鞋全都湿透了。"马大炮所说的"鬼门关",说的是苏村的石围。苏村的村前是条河,河上没有一座桥。自古以来,苏村人过河,都是走石围。枯水的季节还好,踩着石围就能过河,要是遇到丰水的季节,石围被淹没,过河只能摸着石头过了,发大水时,苏村就成了名副其实的孤岛了。

苏年丰再看,可不,马大炮——哦,不,马乡长的裤脚,湿了一大截。他忙眯着眼赔着笑脸:"马乡长,先到村委会那里去换双干净的鞋吧。"

马乡长坐在河边的一块石头上,把甩得半干的鞋套在脚上,说:"不了,我这次来,是要看你们的香蕉收成还有修桥的事怎么样了。"

"香蕉的长势倒是喜人,只是收下以后,恐怕像往年一样没销路,垃圾一般堆在地头,猪都懒得理。"

"所以,你们修桥的事情得摆上日程,还拖什么拖?"

提到修桥,苏年丰的眉头不由得蹙了起来:"我们也想把桥修起来,可就是困难重重,困难重重啊,尤其是那个装神弄鬼的八仙婆……"

马乡长打断了苏年丰的话,说:"走,我们马上到八仙婆家里坐一坐。"

什么?乡长大人要到那个八仙婆的家里坐?苏年丰心里嘀咕着,头皮一阵阵发麻。

八仙婆可是一个不好惹的角色,成天装神弄鬼地搞迷信。还真别说,这个老巫婆样的八仙婆,有时候胡言乱语蒙对一些,有些人就死心塌地地听信八仙婆的那一套。

就拿修桥那事来说吧。

苏年丰听说过,苏村早在三年前就开始动工修桥了。桥墩刚立起来,就有谣言在村里疯传,说那桥修在龙脉上,动了龙王的胡须,龙王是要发怒的。没几天,山洪暴发,立起来的桥墩被冲垮了。

后来,前任村主任好不容易组织人马,再度修桥,又有谣言在村子里疯传,说动了龙脉,龙王发怒,是要吃人的。河水平时也就齐腰深,能吃人?可巧,那天大伙儿正在搬水泥袋,扛水泥袋的二歪脚一个踩空,掉河里了,竟没救过来。

此后,苏年丰接任。接任后,苏年丰开大会小会动员大家修桥,可大家再也没修桥的念头。有人冷言冷语地讽刺,修什么修,修了桥,每年龙王要请一个人去,谁知道要请谁家的去做客?

苏年丰也知道,制造谣言的,是八仙婆。可也怪了,这老妖婆怎么就说中了呢?

眨眼,八仙婆的家就到了。

八仙婆开了门,苏年丰立刻介绍:"这是我们乡的乡长马同志。"

八仙婆平时虽也见过不少世面,可这么近距离接触乡长,还是大姑娘坐花轿——头一回。她忙满脸堆笑,说:"啊,马乡长请进。"

马乡长落了座,并没有像平日一样开炮,居然和八仙婆聊起了八卦!

八仙婆是个能聊的主儿,两人聊得正欢,马乡长话题一转,进入正题:"村里修桥,要占去你家莲藕田的一角?"

"是啊,"八仙婆叹道,"村里赔偿我的,是三分旱地。水田变旱地,你说我家多亏啊!"

马乡长说:"都说你老人家能掐能算,你算吧,如今村里香蕉种植成规模,旱地可以种香蕉,能大批卖出去,有什么不好?再说了,村里换给你家的旱地,就在你家香蕉地旁不远,你叫儿子把旁边的荒山地也开发起来,和你家原有的香蕉地连成一片。等桥修起来后,香蕉收获了,卡车突突地开进来就帮运出去,多好!"

八仙婆听了马乡长的一席话,连连说:"高,高,实在是高啊。"

当天,村里和八仙婆的儿子签订了换地的协议。

在回来的路上,苏年丰有些佩服马乡长了,这大炮,办事的效率还真是高。村里拖了几年的事,他一番话就给说通了。

走过河边,马乡长说:"这桥,近日就可以动工了。"

苏年丰心里还在嘀咕:"地是换了,但村里的人迷信,相信谣言,说河水吃人,人心涣散,动员不起来。"

马乡长说:"这迷信和谣言,不是被我们攻破了么?"

苏年丰说:"有那么容易?"

马乡长说:"不信你等着瞧!那些谣言,根基在八仙婆那里。那八仙婆,就不想把水田换成旱地,所以造出谣言,阻止村里造桥。现在她这一关打通了,也同意换地了,谣言也就不攻自破了。"

苏年丰恍然大悟,心想,这马大炮,果真像传说中的一样了不起。他把百姓的心桥搭起来了,修大桥的事也就不成问题了。

果然,没几天,一条消息在村里传开了:龙王摆尾了,村里修桥的时机到了。

苏年丰领着一大伙人,开始修桥了。

开工那天,苏年丰看到,连八仙婆也加入到修桥的队伍里了。

满山的歌

满山牵着那匹枣色的矮马上了石桥。

桥下洗衣的女人们都笑了。有人说:"满山啊满山,今天要把你'媳妇'牵到哪儿去?"

满山矮矬矬的,像个石墩,都三十了还没说上媳妇。满山矮,矮马也矮,天生的一对儿。小媳妇们故意要把矮马说配给满山,满山也不恼,打声口哨,身后洒下一路的山歌:"媳妇你走前头哎,哥哥我跟着走……"自编的歌词,想到哪儿就唱到哪儿。

满山饮马河边,自己则仰躺在河沿上,不一会儿,呼噜山响。云做的被子,地做的床铺,一觉睡到太阳下山。

满山的娘跛着脚,一路寻来:"痴崽啊,你放个马都不知道归

家哟!"

满山迎着太阳笑,捡块石头,朝树上扔,算是给晚归的鸟儿们打个招呼。满山牵上矮马,慢悠悠地走上小石桥。

娘对着儿子的背影摇头轻叹。

这天,满山喜滋滋地说:"娘,我在乡村娱乐城找了个好活路。"

娘问:"哪样子的活路?"

满山说:"那里的娱乐城缺个门童。总经理是我同桌咧,说我正适合当门童。"

娘不明白门童是干什么的。

满山说:"牵着矮马站那里,给人指指路,和人照照相。"

娘摇头。

一天晚上,满山掏出几张红绿的钱票,说:"娘,看我给你挣钱了。"

娘摸着满山汗津津的脸笑:"满山,和娘说实话,当门童好不?"

满山的眼睛亮晶晶:"门童好,城里来的人,争着和我照相咧。他们说,我的笑干干净净的,像这里的山泉水。"

娘眯着眼睛笑了,笑着笑着,一把搂过满山,流泪了。

这天,满山一回到家就蒙头睡觉。该吃晚饭了,娘说:"满山哎——"

满山不应,沉沉地睡着了。

娘进来一看,满山的手臂上缠着纱布,娘眼泪就下来了。

娘让满山站在面前,说:"满山,你也和人打架?"

满山不知道怎样和娘说。

满山今天刚换了个工种,不当门童了。

娱乐城里的鬼屋生意清淡,有人想出了新鲜的主意,要真人扮鬼。经理的眼睛在众人身上探来探去,最后停在了满山的身上,说:"满山,换个工资高的工作,你去不去?"

满山想都没想,说:"去呀,干吗不去?"

就这样,满山开始在鬼屋里扮鬼了。

游客看见那只矮矮的鬼,活蹦乱跳的,无不兴奋。这天,有人捡起一个破玻璃瓶,随手就砸过去。

满山"啊"地惊叫一声,手臂撕裂一样地疼痛。

游客们兴奋不已,大叫:"真人扮的耶,刺激,够刺激!"

来到外面,满山看见自己的手臂上都是血。

经理见到手臂缠着纱布的满山,说:"满山,明天你不用进鬼屋了,还是当回你的门童吧。"

但,满山摇头了,说:"我乐意呢,有了很多钱,我娘的腿病就能治好了。"

经理说:"娱乐城里还缺个门童,再说了,你的手……"

满山晃晃手臂,说:"我的手,没事了,要不让矮马当门童好了。"

经理扑哧一声笑了:"满山啊满山,谁说你痴呢,那明天你就牵着矮马来吧,付双份的钱给你。"

这会儿,娘抚着满山的伤口,含着泪花,说:"明天,我们就不去什么娱乐城上班了吧。"

"要去,经理说了,矮马也要去上班呢,攒很多钱就能给娘治腿病了。"满山说。

第二天一大早,满山又牵着枣色矮马慢悠悠地上小石桥了。

满山的身后,洒下一路清清亮亮的歌声:"短短的腿走长长的路,矮矮的身子爬高高的坡咧……"

会唱歌的车

天福的地盘,原来在淡村菜市场的一个墙角下。每天阳光刚刚照到这一角的时候,天福就开始坐在这里了。

从脚手架上摔下来,跌断了腿以后,打工的收入也断了,天福把这里当成了自己安身立命的场所。

出入菜市场的人,多是一些大妈。大妈们提篮的提篮,推车的推车,看到天福,心情好的,给个一角两角,天福前面的碗就有了内容,天福的一日三餐也就不愁了。

天福的嘴巴甜,见到熟脸的,给不给投币,都一样迎上笑脸打个招呼。打个招呼的事,又不掉嘴巴,不该吝啬,天福总是这么对自己说。有些人见到天福,远远地就避过脸去,天福也不勉强,坐在墙角边儿上安静地晒太阳。

天福是从大妈们的手推车得到启示的,天福想,做个轮子车,让轮子推着自己走,这不就等同有脚了么?天福为自己的想法有些小小的激动,他找到给电动车补胎充电的二虎,求他做了个铁轮子的木板车。这"豪车",用光了天福前段日子乞讨得来的所有积蓄。

有了铁轮车,天福出入就方便多了,人坐在车上,手往地上一撑,一划,车子就前进。一天下来,天福的车能在菜市场开上好多个来回呢。

天福还给自己的车加进了一个小发明,在车头装上了音响。

这音响组合是托熟人从旧货市场上淘来的,效果倒是不错。天福的车子开上菜市场的过道,车子就唱起来:

踏平了山路唱山歌,

撒起了渔网唱渔歌,

唱起了牧歌牛羊多呀——

天福的音响里的歌,多是喜气洋洋的。歌是放给大家听的,谁老喜欢听悲悲戚戚的歌呢?

31号铺子的猪肉贩是个胖子,一副弥勒佛的样子,长得很喜庆。胖子和天福挺投缘,见到天福的车开过来,胖子喜欢点歌,说:"天福,今天来首《爱情买卖》,动情一点的,成不成?"

天福笑眯眯地说道:"怎么不成?任你点,我这歌库里满是歌,给你唱到天黑都不成问题!"天福的音响歌库里,现在能搜出好几千首歌呢。

听了一首歌,胖子在黑乎乎的木匣子里一摸,摸出一张一元的票子,放在天福车头的音箱上,说:"点歌费。"胖子的生意不错,忙的时候多。

这天,天福的车子刚刚开到转弯处,见一个黑衣人远远地向自己这边跑来,有好几个人在黑衣人身后追着。

紧追的那几个人里,有一个不正是胖子吗?胖子像只肥胖的企鹅一样,笨拙地跟在后面跑着,一边跑还一边上气不接下气地喊:"捉住他,捉住他!小偷!"

天福也算是菜市场里的老江湖了,一眼就看出是怎么回事了,一定是小偷又在干那事,被人当场给发现了。人们在合力追捕小偷,可这小偷精瘦精瘦,跑得比兔子还快。

天福暗暗运足了马力。近了,近了,斜刺里,天福的车冲了出去。跑在前面的黑衣人脚下突然被绊住了,身子往前一扑,倒在

了天福的音箱上了。

几个人马上冲过来,七手八脚地把黑衣人擒住,扭送到派出所去了。

人们再看天福,天福的车已经开出了好一段路。

第二天,人们没听见天福的车唱歌。胖子一问,才知道原来昨天拦截小偷的时候,天福的音箱,给小偷绊坏了,哑了。

第三天,胖子给天福送来了一对音箱,还送来了一个好消息。原来,那天被小偷摸走钱包的老人,正是胖子的父亲,人们称他邓老,邓老在市场的另一角卖凉茶。邓老拿着失而复得的钱包,激动不已,他和胖子一合计,决意邀请天福加盟自己的凉茶生意。

天福的车子改装得更先进了,手摇摇把,车子就能前进,车子成了一个流动的凉茶摊点。每天早上,天福穿戴整齐,摇着车子"上班"。天福的车子,不,天福的凉茶摊子,每天唱起了喜气洋洋的歌,中间还时不时地插播广告:

卖凉茶,

卖凉茶,

邓老的凉茶凉又甜咧——

嘿,那是天福自唱自录的一段广告歌。

人们发现,天福的凉茶生意还不错。每当天福的车子唱起歌来的时候,人们就知道邓老凉茶来了,很多摊点的主人,都成了天福凉茶摊点的老主顾了。

忘事的母亲

病好以后,母亲越来越容易忘事了。

那天,他正在单位里主持一个重要的会议,手机突然震了一下。等散了会,他走出会场,拿出手机一看,5个未接电话!他一看,却是个陌生的号码。他反拨过去,对方说是解放路派出所的,问他家里的老人是不是走失了。

他说:"怎么会呢?我母亲在家里。"

对方说有个老太太在老街桥头走失了,被人送到派出所里来,工作人员询问了许久,才从老太太的贴身衣兜里找到了他的这个手机号码。

他打车到了派出所。母亲像个小学生一样在里面正襟危坐,见到他,脸上露出惶惑的神色,他喊"妈",她一脸茫然,许久才回过神来。他才知道,母亲真的糊涂了,连回家的路都忘了。

可这段时间母亲总喜欢独自下楼溜达。溜达没什么不好,关键是得有人陪着,而他,每天像旋转着的陀螺一样忙碌,哪里有闲工夫呢?

他给母亲制作了挂牌,上面写有他的手机号码、办公室的电话号码。可母亲出门的时候,这些挂牌常常被落在家里。

现在,每次出门前,他都要把钥匙反扭一圈,确信反锁了才下楼,还是不让母亲单独出去为妙。

这天是星期天,好不容易能休息一下,他睡了个天昏地暗,等

他从房间里出来的时候,才发现,大门虚掩着。

"妈?"他走到母亲的房间里一看,哪里有她的影子?

他急忙下楼,在小区里转了一圈,没见到母亲,往常母亲常去的地方都没有见到她。

小区门外的街上,人流车辆来来往往。他的心焦躁起来,万一她像上次一样走到大街上,那可就麻烦了。

在小区门岗,他遇见了萧大爷。萧大爷以前在单位里守门,现在退下来了。

萧大爷大概是见他着急的样子,问:"找你妈吧?"

他说:"是啊,瞧她这忘性……"

萧大爷说:"你不用急,到老街桥头那边去看看吧,我好几次路过桥头,见她老坐在那里。"

果然,母亲就在桥头边上,她把自己站成了一座桥墩。

"妈,妈!"他过去拉母亲的手。

母亲回过头,目光变得柔软,突然一把抓住他的手,嘴里喃喃:"你回来了,你回来了。"

"你怎么出来了?"他责怪母亲。

"我出来找你。"母亲说。

"找我?"

他恍然记起,小时候贪玩的他,曾在一个十字路口迷了路,他在街头转来转去,最后转到桥头边上,靠在桥栏下睡着了。很晚了,母亲才在桥头上找到了他……如今,母亲忘了路,忘了事,可不曾忘过她的孩子!

此刻,站在桥头边上,他心中猛然一震,忘事的分明是自己,难道不是吗?

那一刻,他紧紧地握住了母亲的手。